KB063331

당신이 도달할 수 없는 시간

당신이 도달할 수 없는 시간

YA
03

샤샤 소설

이소정 옮김

A TIME BEYOND YOUR REACH

아작

1

달팽이와 꾀꼬리

너는 어떻게 자신이 다른 사람들과 다르다는 것을 알아차렸을까. 궁금했지만 나는 묻지 않았다. 어쨌든 네가 나보다는 빨리 깨달았을 테니까.

아이들은 원래 시간에 대한 개념이 없는 법이다. 어린 시절 나무 아래 홀로 쪼그리고 앉아 개미들을 관찰하고 있노라면 시간이 훌쩍 지나가버렸다. 그러나 매일 저녁 텔레비전 앞에서 만화영화가 시작되기를 기다릴 때면 몇 초 되지 않는 광고 시간이 너무나 길게 느껴졌다. 유리잔이 탁자에서 떨어져 은구슬 같은 파편으로 변하기까지는 눈 깜빡할 시간이면 충분하지만, 유리잔이 스스로 탁자 위로 뛰어올라 원래의 완벽한 형태로 돌아가는 모습은 본 적이 없다.

아, 그래. 우리가 태어난 남방의 마을은 시간이 참 느리게 흐르는 곳이었다. 매일 아침 동산 뒤로 태양이 떠올라 아침 안개를 희미하게 비추면 수탉이 가장 먼저 깨어나 울기 시작했다. 그리고 또 무슨 소리가 들렸더라…. 새의 노랫소리, 개가 짖는 소리, 그리고 강물이 흐르는 소리. 사람들은 닭이 운 후로도 한참을 꿈나라에 머물다가 해가 높이 뜬 다음에야 엉거주춤 일어났다. 그리고 느릿느릿 옷을 입고 세수를 한 다음 아침을 먹으며 느긋하게 하루를 시작하는, 그런 곳이 바로 우리의 고향이었다.

당시 나는 할아버지 댁에 살고 있었는데, 낡은 집 거실 구석에는 괘종시계가 하나 놓여 있었다. 대체 언제부터 그 자리에 있었는지 알 수 없을 만큼 오래된 시계였지만 여전히 반질반질 윤기가 흐르고 유리도 새것인 양 투명했다. 황동으로 만들어진 시계추는 무거워 보이는 모습에도 불구하고 꽤 가뿐하게 좌우로 흔들리고 있었다. 똑, 딱, 똑, 딱, 똑, 딱.

나는 집에 혼자 남아 있게 될 때마다 시계 앞으로 의자를 끌고 갔다. 그리고 얌전한 자세로 자리에 앉은 채 하염없이 시계를 바라보았다. 햇빛이 유리를 투과해 바늘이며 태엽을 비출 때면 시계는 마치 마법으로 만든 상자처럼 보였다. 저 빛나는 상자 속에는 대체 무엇이 사는 걸까? 어째서 항상 저렇게 똑, 딱, 똑, 딱, 주변의 그 무엇도 상관없다는 듯 앞으로 나아갈 수 있는 거지? 누군가가 바라보고 있으면 시계는 성실하게 움직인다. 그러나 그 누군가가 잠시라도 한눈을 팔면 시계는 갑자기 빠르게 혹은 느리게 움직이며 그 누군가를 희롱하기 시작하는 것이다. 나는 바로 이 수수께끼를 풀고 싶어 시계 앞으로 의자를 끌고 가곤 했지만, 결국 스르르 잠들어버리곤 했다. 잠에서 깨어나면 날은 이미 어두워진 다음이었고, 텅 빈 방 안에는 내 어리석음을 비웃는 듯한 시계 소리만 울리고 있었다.

그리고 너는…, 그래, 너도 나와 같은 행동을 했겠지. 너도 홀로 구석에 앉아 멍하니 시계를 바라보곤 했을 거야.

너와 처음 만났던 그 순간은 여전히 기억 속에 생생하게 남아 있다. 이미 아주 오래전의 일이 되어버렸지만, 줄곧 소중하게 간직해 온 그 기억은 마치 새로 복제된 영화 필름처럼 선명하기만 하다. 나는 종종 그 기억의 필름을 꺼내 마음 깊은 곳에서 상영회를 열곤 한다. 영화를 상영하는 오퍼레이터도 나 한 사람, 그리고 영화를 관람하는 관객도 나 한 사람. 영화를 몇 번 상영할지 혹은 얼마 동안 상영할지, 또 자리는 어떻게 배치할지 하는 그 모든 것들이 내 마음에 달린 셈이다. 그러니 온종일 같은 필름만 돌려본다 해도 아무 상관없다는 이야기다.

나는 보통 가장 재미있는 부분을 선택해 가장 느린 속도로 돌려본다. 물론 모든 부분을 꼼꼼하게 감상한 후에도 만족하지 못하고 오퍼레이터를 졸라대기 마련이다.

"한 번만 더 보면 안 될까?"

"이제 그만. 오늘은 충분히 봤잖아."

"마지막으로, 딱 한 번만 더."

"…알겠어. 딱 한 번만이야."

가끔은 시간을 아끼기 위해 몇 배의 속도로 필름을 돌려 단숨에 처음부터 끝까지 보기도 하는데, 그럴 때면 울적한 장면들도 우습게 변해버린다. 사람들이 급하게 동분서주하거나 허공에 손발을 허우적거리는 모습은 마치 무성영화 시대의 해학 넘치는 코미디 속 장면 같다. 그 모습을 볼 때마다 나는 나도 모르게 폭소를 터뜨리고, 또 어쩔 수 없이 이런 생각을 한다. 너와, 나의 눈에 비친 세계는 이렇게나 다르구나.

그렇게 나는 다시 한번 웃으며 눈물을 흘리는 것이다.

★

내가 열 살이고 너는 일곱 살 남짓이던 그 해, 나는 소학교 4학년이었고 너는 휴학 중이었다. 그 무렵 나는 매일 오후 학교가 파하면 근처의 소년궁 (少年宮)*으로 가서 바이올린을 배웠다. 바이올린 선생님은 바로 우리 아버지였는데, 아버지는 젊은 시절 꽤 유명한 교향악단의 바이올리니스트였다고 했다. 아버지는 순회공연을 하던 중 다른 문예공작 단** 소속의 무용수를 사랑하게 되었고, 그 무용수는 후에 내 어머니가 되었다.

유감스럽게도 나는 부모의 예술적 재능을 전혀 물려받지 못한 모양이었다. 음정, 박자, 감정, 이런 것들을 전혀 파악할 수 없었으니까. 이런 쪽은 선천적으로 재능이 부족하면 아무리 노력한다 해도 메울 수 없는 법이거늘, 당시 나는 아직 재능을 발견하지 못한 다른 아이들과 마찬가지로 아무것도 깨닫지 못하고 있었다. 매일 수업이 끝나면 착실하게 바이올린 가방을 챙겨 소년궁으로 갔고, 아버지

---

*   어린이와 청소년의 과외 활동을 위해 설립된 종합교육시설
** 군대, 지방 기관, 단체 등에 부설되어 연극, 무용, 노래 등을 통해 선전 활동을 하는 단체

에게 칭찬 한마디라도 듣고 싶은 마음에 열심히 연습했다. 그러나 나보다 한참 어린 아이가 협주곡 완주를 시도하기 시작해도 나는 여전히 교실 뒷자리에 앉아 나무에 톱질하듯 뻣뻣한 자세로 바이올린 현을 긋고 있을 뿐이었다. 가끔은 가지런하게 움직이는 수십 개의 활을 넘어 나를 바라보는 아버지의 시선을 느낄 수 있었다. 아버지는 언제나 차마 눈 뜨고 보지 못할 무엇이라도 본 것처럼 재빨리 눈길을 돌리곤 했다.

한번은 아버지가 어머니에게 이런 말을 하는 것을 들은 적도 있었다.

"우리 애는 참 착해. 하지만 언제나 다른 아이들보다 반박자 늦어."

오랜 시간이 흐른 후에야 나는 겨우 그 말의 의미를 이해하게 되었다. 나는 확실히 천성적으로 다른 아이들보다 느린 아이였다. 말도 느리고 걸음걸이도 느렸으며 무엇인가를 배우는 속도도 느렸다. 다른 아이들이 10분이면 외우는 것도 나는 최소한 20분은 필요로 했고, 가끔 30분이 걸리는 경우도 있었다. 다른 아이들이 숙제를 끝내고 나가 노는 저녁 시간에도 나는 내내 책상에 앉아 한 자 한 자 열심히 숙제를 해야만 했다. 수업 때도 마찬가지였다. 아무리 정신을 집중해도 선생님의 수업을 제대로 따라갈 수 없었다. 가끔 이름을 불릴 때면 한참을 머뭇거린 후에야 내 이름이 불리고 있다는 사실을 겨우 알아차렸다. 평소 대화를 나눌 때도 다른 사람들의 말이 조금만 빨라지면 제대로 알아들을 수가 없었고, 상대방이 한바탕 말을 늘어놓기를 기다려 다 알아들은 양 고개를 끄덕이는 것이 고작이었다. 점차 나와 이야기를 나누려는 친구들이 없어지는 것도 당연했다. 나는 쉬는 시간이 되어도 혼자 자리에 앉아 다른 아이들이 활기차게 노는 것을 지켜볼 수밖에 없었는데, 그럴 때면 마치 수족관 안에서 눈을 크게 뜨고 바깥세상을 바라보는 외로운 물고기가 된 느낌이었다.

그래, 그게 바로 나였다. 언제나 반박자 늦는 아이. 아니, 그보다는 다른 아이들은 모두 생기발랄한 '빠른 박자'이고 나만은 꾸물거리는 '느린 박자'

라고 하는 편이 옳을 것이다. 그리고 이런 차이는 평생 노력한다 해도 메울 방법이 없는 것이었다.

그 시절에 너를 만나지 않았더라면.

★

그날 오후, 바이올린 수업을 끝낸 아버지는 몇몇 학생에게 할 말이 있으니 남으라고 했다. 아마 성(省)에서 열리는 대회와 관련한 이야기를 나누려는 것 같았다. 나는 평소처럼 옆에서 칠판을 닦고 바닥을 비질한 다음 악보를 챙겼다. 청소가 끝났을 때도 아버지는 아직 대화를 끝내지 않은 상태였다.

"너는 린 아저씨에게 가 있거라."

린 아저씨는 아버지의 친구로, 공안국 경찰이었다. 아저씨는 아주 유머러스한 성격에 바둑 두기를 무척 좋아해서 매일 퇴근길에 소년궁에 들러 바둑 선생님과 대국을 하곤 했다. 아버지는 일이 많을 때면 아저씨에게 나를 맡겨 집에 데려다주게 했다.

나는 순순히 고개를 끄덕이고, 바이올린 가방을

든 채 교실을 나왔다.

저녁 무렵이었기 때문에 복도는 사람 하나 없이 텅 비어 있었고, 내 발걸음 소리만 들렸다. 바둑 교실은 2층 끄트머리 모퉁이에 있었다. 나는 고개를 숙인 채 느릿느릿 걸어가며 속으로 발아래 시멘트 블록의 개수를 셌다. 혼자 걸을 때면 이렇게 수를 세는 것이 습관이었다.

하나, 둘, 셋, 넷….

그때 갑자기 어디선가 피아노 소리가 들려왔다. 규칙 없이 끊어질 듯 이어지는 것이 어린아이가 연습하고 있는 것 같았다. 나는 깜짝 놀라 벽시계를 바라보았다. 이 시간이라면 피아노 수업도 한참 전에 끝났어야 옳았다.

피아노 교실은 복도의 다른 한편에 있었다. 나는 그전에 피아노 교실에 가본 적이 있었다. 물론 다른 사람들이 하는 모습을 흉내 내어 손가락을 흑백으로 이루어진 건반 위에 얹고 두어 번 누른 다음 거대한 피아노 안에서 들려오는 소리에 귀를 기울인 것에 불과했다. 피아노 선생님은 검은 벨벳

원피스를 입고 있었는데, 목이 마치 백조처럼 가늘고 길었다. 피아노 앞에 앉은 선생님의 손이 건반 위를 나는 듯이 내달릴 때 나는 피아노 선생님이 무녀라는 환상에 빠졌다. 마법의 힘으로 눈앞의 거대한 물체를 지휘해 하늘의 소리를 내려주는 무녀.

나는 피아노 교실로 향했다. 문틈으로 흘러나온 햇빛이 어두운 복도를 반으로 갈라놓고 있었다. 조심스럽게 교실 안을 들여다보았다. 석양이 얇은 커튼을 황금빛으로 물들여 방 안의 모든 것은 실루엣으로 변해 있었고, 그 길게 일렁이는 빛 속에 바로 네가 앉아 있었다. 창을 등지고 있었지만, 피아노의 상아색 건반이 빛을 반사해 네 얼굴을 비춰준 덕에 나는 네 콧날 위 작은 점까지도 똑똑히 볼 수 있었다. 엄숙하고도 진지한 표정 때문인지 너는 일곱 살 먹은 어린아이가 아니라 조각상 같아 보였다.

멀리 떨어져 있어서 네 앞에 놓인 악보가 무엇인지는 알 수 없었다. 뒤죽박죽 흘러나오는 음표는 마치 수많은 구슬처럼 흩어지며 빛바랜 나무 바닥을 때리는 중이었다. 너는 피아노를 칠 줄 모르는 듯, 집게손가락 두 개만 사용해 건반을 두드리고 있었다. 아직 어린 나이에도 불구하고 놀라울 정도로 민첩하고 정확하게 움직이고 있었다. 바닥에 이리저리 흩어진 구슬들을 한 알 한 알 주워 한 소절 한 소절 꿰고 있는 것 같았다고 해야 할까. 너는 다시 그 구슬들을 마음대로 내팽개친 다음, 다른 소절과 부딪치기를 기다려 더욱 완벽한 선율이 되도록 다시 엮어냈다.

나는 그렇게 한참을 서서 너의 피아노 소리를 듣고 있었다. 어지럽던 음률은 복잡한 퍼즐이 모양을 갖추듯 점차 정제된 것으로 변해갔다. 그러던 어느 순간, 갑자기 모든 음표가 바닥으로 와르르 쏟아지더니 더 이상 움직이지 않았다. 너는 두 손을 맞잡고 살짝 미간을 찌푸린 채 조용히 악보를 응시했다. 주위는 고요했고, 창밖 석양의 남은 빛 속에서 새들이 지저귀는 소리만 희미하게 들려올 뿐이었다. 잠시 후 맑고 깨끗한 피아노 소리가 다시 들려오기 시작했고, 나는 마침내 완벽한 선율을 감상할 수 있었다.

먼저 여덟 박자로 이루어진 간단한 화음이 흘러나오더니, 시냇물에 물방울이 스며들 듯 다른 음표들이 하나하나 기복을 이루기 시작했다. 음표가 도약하여 공중에서 회전하고 또 몇 번이나 반복했다. 나는 그 흐르는 물과 같은 음악 소리에 떠밀리듯 앞으로 다가갔다. 주변의 모든 것들이 영화 속 화면처럼 느릿느릿 스쳐 갔다. 초여름 저녁의 바람이 커튼을 살랑이고, 구름은 하늘가로 흔들려 빗방울이 떨어졌다. 풀잎이 바스락거리는 가운데 너는 홀로 길을 걷고 있었다. 고요하고 머나먼 길, 꽃이 화사하게 피었다 지는 길. 저 아득한 세상 끝에 강물이 흐르는 소리가 들려오니 시작도 끝도 없고, 과거도 없고 미래도 없는 것이었다….

나는 그렇게 조용히 너의 연주를 들었다. 익숙한 음률이었지만 제목은 기억나지 않았다. 날이 점점 더 어두워졌고, 나는 나도 모르게 몇 걸음 앞으로 다가갔다. 피아노를 치는 네 두 손을 똑똑히 보고 싶었다. 네 손은 아직 아주 작았지만, 어른의

손처럼 길고 곧게 뻗어 있었다. 가느다란 검지 두
개가 건반을 두드리는 모습은 마치 꽃 위에서 춤을
추는 벌새 같기도 하고 풀잎을 두드리는 빗방울
같기도 했다. 꿈인 양 빠르게 움직이는 손가락이
건반 위에서 불처럼 타오르고 있었다. 그 찰나, 나
는 현기증을 느꼈다. 내 앞에서 마법이 펼쳐지고
있었다.

　마침내 네가 연주를 끝냈다. 마지막 음표 몇 개
가 가볍게 떨리며 땅 아래 깊이로 가라앉고 나서도
한참 후에야 내 몸 안에서 다시 피가 흐르기 시작
했다.

　너는 갑자기 고개를 돌리더니 싱긋 웃었다. 그
전까지의 엄숙한 침묵은 대체 어디로 가버린 것일
까. 네 얼굴에 떠오른 것은 소리 없이 피어오르는
작은 불꽃, 고작 일곱 살 먹은 아이의 웃음일 뿐이
었다. 너는 입을 열고 무슨 말인가 했지만, 나는 알
아들을 수 없었다. 네가 너무 말을 빨리 했기 때문
일 수도 있고, 내가 너무 긴장했기 때문이었는지도
모른다.

나도 그저 생긋, 너를 마주 보며 웃는 수밖에 없었다.

등 뒤에서 또각거리는 발소리가 들려오더니 누군가가 내 곁을 지나 교실로 들어갔다. 그 스쳐간 자리에 옅은 향수 내음이 남아 있었다. 나는 망연한 표정으로 고개를 들었다. 바로 그 백조처럼 목이 길고 검은 원피스를 입은 피아노 선생님이었다. 선생님은 네 곁으로 가더니 우아한 동작으로 자기 머리카락을 뒤로 넘겼다. 나중에 알게 된 사실이지만 피아노 선생님은 바로 네 어머니였다. 저녁의 마지막 남은 햇살 속에서 선생님의 귓가에 걸린 진주 귀걸이가 빛나고 있었다.

피아노 선생님은 너를 부축해 일어나 앉힌 다음 휠체어에 태웠다. 나는 그제야 네가 한쪽 다리에 깁스를 하고 있다는 사실을 알아차렸다. 선생님은 곧 휠체어를 밀고 내 곁을 지나갔다. 모든 일이 너무 순식간에 일어났기 때문에 나는 무슨 말을 하거나 무슨 행동을 취할 여유조차 없었고, 그저 멍히니 네가 앉은 휠체어가 멀어지는 것을 지켜볼 뿐이었다. 아주 짧은 찰나의 순간… 나는 심지어 네가 나를 흘깃 바라보았는지조차 확신할 수 없었다. 아니, 네가 나를 바라보았다 해도 나의 둔한 감각으로는 눈치채지도 못했겠지. 다만 기억나는 것은 어깨를 스치던 그 짧은 순간, 네가 고개를 들어 네 어머니에게 무슨 말인가 했다는 것, 그리고 살짝 올라간 네 입매에 자랑스러움이 가득 묻어 있었다는 것이다. 네 눈 속에는 수많은 빛이 흐르고 있었고, 그 빛은 언제라도 밖으로 흘러나와 이 비루한 세상을 모두 비춰줄 것만 같았다.

나는 너와 네 어머니가 복도 끝으로 사라질 때까지 그 자리에 머물러 있었다. 날은 이미 어두워진 다음이었다.

★

똑, 똑, 제대로 잠기지 않은 수도꼭지에서 떨어지는 물처럼 네가 연주한 선율은 끊어짐과 이어짐을 반복하며 밤새 머릿속을 맴돌았다. 나는 수도꼭지를 잠가보려 했지만, 손을 잘못된 방향으로 뻗고 말았다. 머릿속 음악 소리는 더 크게 울리기 시작했고, 음표 하나하나가 눈부시게 반짝였다. 아아, 이건 절대로 보통의 음악이 아니야. 나는 침대에 누운 채 말없이 생각했다. 네가 그 음악 속에 마법을 불어넣은 것이 틀림없노라고.

나는 이 일을 아무에게도 말하지 않았고, 너는 내 마음속 깊은 곳에 수수께끼로 남았다. 너는 누구일까? 어디서 나타난 거지? 어째서 이리도 신비롭게 느껴지는 걸까? 혹시 다른 세상에서 온 왕자인 것은 아닐까?

다음 날 오후 바이올린 수업 내내 나는 줄곧 집중하지 못해 가장 쉬운 코드마저 실수하고 말았다. 나는 중간에 화장실을 가는 척 빠져나왔다. 복도는 여전히 텅 비어 있었지만 희미하게 저 끝에서 피아노 소리가 들렸다. 물 흐르듯 기복을 이루며 얽혀오는 그 소리에 내 심장이 두근거리기 시작했다. 나는 단숨에 피아노 교실 앞으로 달려가 쾅 소리가 나도록 문을 열어젖혔다.

교실 안은 불이 환하게 켜져 있었다. 피아노 앞

에 앉아 있던 검은 원피스의 선생님이 나를 돌아보았다. 곁에는 나와 비슷한 또래로 보이는 학생들이 몇 명 있었지만, 그중에 너는 없었다.

나는 문설주를 짚은 채 숨을 가쁘게 몰아쉬었다. 얼굴이 붉게 달아오르기 시작했다. 괴이한 것을 보는 듯한 눈초리가 사방에서 쏟아지니 온몸에 가느다란 가시가 박혀오는 것 같았다. 나는 거의 들리지도 않을 목소리로 '죄송합니다.'라고 말한 후, 재빨리 문을 닫고 돌아섰다.

매일 바이올린 연습이 끝나면 나는 핑계를 대며 피아노 교실 쪽을 기웃거렸다. 그러나 너는 보이지 않았다. 너는 무에서 나타나 마법을 품은 곡만 남기고 사라져버린 유령과 같은 존재였다. 그리고 너의 음악은 여전히 매일 밤 내 머릿속을 맴돌고 있었다.

그 후로 일주일쯤 지났을 때, 비로소 너를 볼 수 있었다. 너는 여전히 피아노 선생님이 밀어주는 휠체어에 앉아 천천히 복도를 지나갔다. 나는 가슴에 총이라도 맞은 것처럼 두근거리며 슬금슬금 네 뒤를 따라가기 시작했다.

선생님은 너를 피아노 교실로 데리고 들어간 다음, 혼자 나와 총총히 계단 아래로 내려갔다. 나는 선생님의 하이힐 소리가 사라질 때까지 기다렸다가 다시 살금살금 교실 문가로 다가갔다. 교실 안은 고요했다. 한참을 기다렸지만 아무 소리도 들려오지 않았다. 나는 의아한 마음에 문틈으로 들여다보았다. 너는 여전히 피아노 앞에 앉아 있었지만, 네 눈은 악보 대신 창밖을 향하고 있었다. 초여름 저녁의 햇빛이 너의 얼굴을 비췄고, 또 낡은 피아노와 나무 바닥도 비춰주고 있었다.

창은 열려 있었다. 나비 한 마리가 날아 들어오더니 피아노 위에서 춤을 추었다. 검은 날개에 푸른빛이 감도는 모습이 요정처럼 아름다웠다. 너는 고개를 들더니 눈으로 나비를 좇기 시작했다. 마침내 나비가 건반 위에 내려앉아 바람에 날려 떨어진 꽃처럼 두 날개를 펄럭이자, 너는 가볍게 손을 뻗어 단숨에 나비를 손 안에 가뒀다.

나는 숨을 제대로 쉬지 못할 만큼 긴장하고 있

었다. 나는 평생 내 손으로 나비를 잡아본 적이 없었다. 너는 두 손을 모으더니 한쪽 눈을 손가락 사이에 대고 안을 들여다보았다. 한참을 그렇게 살피던 너는 비로소 두 손을 활짝 펼쳤고, 나비는 네 손바닥 위에서 살며시 떨더니 날개를 흔들며 날아가버렸다.

아주 오랜 세월이 흐른 후에도 나는 종종 이 순간을 떠올리곤 했다. 너는 언제나 그렇게 손을 뻗어 쉽게 사라져버리는 아름다움을 네 손 안에 가두곤 했으니까. 예를 들자면 청춘이나 사랑, 혹은 생명 같은 것들을. 너는 너무나 쉽게 붙잡았고 또 쉽게 놓아주었다.

★

다시 일주일이 지났다. 나는 일찌감치 학교를 끝낸 후 소년궁으로 달려갔다. 아니나 다를까, 피아노 교실에 네 모습이 보였다. 너는 무료한 표정으로 건반을 두드리고 있었다. 나는 네가 다시 한 번 그 곡을 연주하기를 기다렸지만, 너는 그 곡을 치지 않았다.

마침내 참을성이 없어진 내가 천천히 네 곁으로 다가갔다. 너는 나를 외면하고 눈살을 찌푸리더니, 마구 건반을 두드리기 시작했다. 그 이리저리 흩어지는 피아노 소리 속에 숨어 있는 다급하고 거친 무엇은, 언제라도 와르르 무너져 내릴 것만 같았다.

"무슨 곡을 치고 있는 거야?"

나는 머뭇거리며 물었다.

"보면 몰라?"

너는 차갑게 대답했다.

나는 조심스럽게 다가가 네 앞에 놓인 악보를 살펴보았다. 〈달팽이와 꾀꼬리〉라니, 아주 쉬운 동요였다. 나는 네가 왜 이런 곡을 연습하는지 잘 이해할 수 없었다.

"이 노래 알아?"

네가 갑자기 물었다.

"응?"

"불러봐. 내가 반주할 테니까."

너는 두 손가락으로 건반을 두드리며 전주를 연주하기 시작했다. 나는 한껏 달아오른 얼굴로 용기를 내어 작은 목소리로 노래하기 시작했다.

문 앞에 포도나무 한 그루
파릇파릇 여릿여릿 싹이 트네
내 등에는 무거운 껍데기가 있지만
한 걸음 한 걸음 올라가야지

내 노래가 끝나기도 전에 피아노 소리가 멈췄다. 너는 어른처럼 한숨을 쉬더니 속삭이듯 말했다.
"재미없다."
이번에는 나도 어렴풋하게나마 네 뜻을 이해할 수 있었다.
너는 두 손으로 휠체어의 양쪽 바퀴를 밀며 곧장 문으로 나갔다. 나는 잠시 그 자리에 그대로 멈춰 있다가, 서둘러 너의 뒤를 쫓아 나갔다.
복도는 어두웠고 사방에서 각종 악기 소리가 들려왔다. 나는 너에게서 멀리 떨어진 채 말없이 걷기 시작했다. 갑자기 끼익거리던 휠체어 소리가 멈추더니 복도 끄트머리에 멈췄다. 너는 벽에 걸린 거대한 벽시계를 바라보고 있었다. 째깍째깍, 금색 시곗바늘이 움직이고 있었다. 곧 6시, 바이올린 수업이 시작될 시간이었다.

어서 교실로 돌아가야 하는데…. 만약 지각이라도 하게 되면 아버지께 무슨 말을 들을지…. 망설이고 있는데 네가 갑자기 말했다.

"저기."

"응?"

나는 살짝 멍한 표정으로 대답했다.

"아래층으로 휠체어 좀 밀어줄 수 있어?"

네가 나를 바라보며 또렷한 발음으로 말했다.

"아래층?"

"답답해 죽을 것 같아. 나가고 싶어."

나는 천천히 네게로 다가가 휠체어 손잡이를 잡았다. 내 손바닥에 온통 차가운 땀이 배어들었다.

"출발!"

너는 황제처럼 명령했다.

나는 조심스럽게 휠체어를 밀고 장애인용 통로를 따라 1층 로비로 향했다. 휠체어는 내 생각보다 훨씬 무거웠고, 경사가 가파르지 않은데도 온몸이 땀으로 흠뻑 젖었다.

우리는 소년궁 대문을 빠져나왔다. 초여름 저녁의 바람이 불어오는 가운데 로비에서 정각을 알리는 괘종시계 소리가 들렸다. 아버지는 평소와 마찬가지로 금테 안경과 흰 셔츠 차림으로 바이올린 케이스와 악보를 팔에 끼고 교실로 들어서고 있을 것이다. 아버지는 언제쯤에나 내가 수업에 빠졌다는 것을 알아차릴까?

"어디로 가지?"

나는 주눅이 든 목소리로 물었다.

"강변으로."

너는 무심하게 대답했다.

하늘은 여전히 맑고 푸르렀지만, 해가 지는 서쪽 하늘에는 이미 붉은 빛을 띤 금빛 구름이 반투명한 수채화처럼 흐르고 있었다. 나는 구름이 맴도는 방향으로 네 휠체어를 밀기 시작했다. 가는 내

내 아무도 만나지 않았고, 그저 따뜻한 바람만이 조용히 불어올 뿐이었다. 나는 걸어가며 계속 어떻게 그 곡에 관한 이야기를 꺼낼지 고민했다.

나는 한참 후에야 겨우 용기를 내어 물었다.

"피아노 치는 거 좋아해?"

"뭐라고?"

"피아노… 좋아하냐고."

"아니."

너는 여전히 무심한 말투로 대답했고, 내 두 볼이 뜨겁게 달아오르기 시작했다.

"어째서… 매주 피아노를 치러 오면서…."

"달리 할 일도 없으니까."

"아, 그래…."

너는 먼 구름을 바라보며 한숨을 쉬더니, 석고에 감싸인 오른 다리를 흔들기 시작했다.

"짜증나 죽겠어. 매일 이렇게 앉아 있어야만 하고."

"다리는 어떻게 된 거야?"

"부러졌어."

"어쩌나가?"

"나쁜 놈과 결투를 했거든."

네가 말했다.

"아주 대단한 결투였지. 어쨌든 그놈이 나보다 훨씬 더 비참한 꼴이 되었으니 괜찮아. 내가 사정을 봐줘서 그놈을 때려죽이지는 않았지."

믿기 어려운 이야기였지만 그렇다고 그 이상 무언가를 물어볼 엄두도 나지 않았다. 표정은 보이지 않았지만 목소리만으로도 표독스러운 기운을 충분히 느낄 수 있었다.

"다리가 다 나으면, 나는 다시 밖에 나가 정의로운 일을 할 거야."

멀리 하늘에서 흘러들어온 저녁노을이 우리의 그림자를 길고 가늘게 한 줄로 늘어뜨렸다.

우리는 다리를 건넜고, 또 잠시 더 걸어 비탈길 위로 올라갔다. 언덕 아래가 바로 강이었다. 저녁 하늘이 강물에 비쳐 반짝이고, 풀숲에서는 길고양이의 애처로운 울음소리가 희미하게 들려왔다.

너는 갑자기 고개를 돌리더니, 작고 뜨거운 손으로 내 팔을 힘주어 잡았다.

"자, 돌진!"

"뭐라고?"

"나를 힘껏 밀어줘. 그 다음에 달리기 시작하면 돼. 우리 같이 이 비탈을 따라 돌진하는 거야!"

나는 어안이 벙벙했다. 이 가파른 비탈 꼭대기에서 아래를 향해 돌진한다고? 그건 너무 위험하잖아. 만약 넘어져 강에라도 빠지면 어쩌려고?

"어서, 어서 밀어줘! 아주 재미있을 거라니까? 빨리!"

너는 흥분으로 눈을 빛내며 재촉하기 시작했다. 나는 휠체어 손잡이를 쥔 채 머뭇거리며 결정을 내리지 못하고 있었다. 손바닥에서 계속 땀이 흘러나왔다. 너의 작은 손가락은 붉게 달아오른 인두처럼 내 피부를 불태워 금방 구멍이라도 낼 것 같았다.

내가 계속 망설이자, 너는 갑자기 몸을 돌려 두 손으로 바퀴를 잡고 힘차게 앞을 향해 밀었다. 휠체어는 내 손에서 미끄러져 빠져나갔고, 너는 환호성을 지르며 아래로 내려가기 시작했다.

나는 한참을 멍하니 있다가 겨우 쫓아가야 한

다는 생각을 떠올렸다. 있는 힘을 다해 달렸지만 너를 따라잡을 방법은 없었다. 너는 두 손으로 빠르게 바퀴를 굴렸고, 속도는 점점 빨라졌다. 휠체어는 마치 제어를 잃은 전차처럼 씽씽 소리를 내며 황금빛 노을을 향해 구르고 있었다. 나는 비틀비틀 쫓아가며 목이 갈라지도록 외쳤다.

"잠깐만, 멈춰! 기다려!"

너는 그때 내가 부르는 소리를 들었을까? 끝내 알 수 없는 일이다. 너는 제정신이 아닌 것처럼 고함을 내지르고 있었고, 나는 네가 흥분하고 있는지 아니면 무서워하고 있는지도 알 수 없었다. 바람은 강가 건너편에서 불어와 우리의 고함을 저 멀리 날려버렸다. 나는 바람을 맞으며 악착같이 달렸고, 발끝이 지표면에 닿는 순간 거의 공중으로 날아올랐다. 그리고 마침내 쿵 소리와 함께 검은 아스팔트 길에 내동댕이쳐졌다.

온 세계가, 하늘이 땅이 빙글빙글 돌았다. 그리고 너는 나에게서 점점 멀어져 빛 속으로 사라졌다.

온몸에 매서운 고통이 느껴지는 동시에 입안으

로는 온통 흙먼지의 맛이 느껴졌다. 나는 그 자리에 엎드린 채 큰 소리로 울기 시작했다.

얼마나 울었을까, 마침내 누군가가 나를 안아 올렸다. 린 아저씨였다.

"이게 무슨 일이냐?"

린 아저씨는 놀란 듯 물으며 내 얼굴의 눈물을 닦아주었다.

나는 숨도 제대로 못 쉴 정도로 울어대느라, 한마디도 대답할 수 없었다.

"원아, 착하지, 뚝, 울지 말고. 집에 데려다줄 테니까, 응?"

그다음에 어떻게 집에 돌아왔는지, 아버지와 어머니가 나를 어떻게 혼냈는지, 또 어떻게 내 얼굴을 닦고 상처를 치료해주었는지 그러한 것들은 거의 기억나지 않는다.

인생을 살아오며 여러 번 울었지만, 가장 강렬한 기억으로 남은 것은 역시 그 순간의 눈물이다. 공중에서 땅으로 내려꽂히던 그 순간, 모든 세계가 마치 한바탕 꿈처럼 산산조각이 나는 것 같았다.

산산조각이 난 꿈은 바스러진 모래가 되어 마지막으로 남은 한 줄기 빛 속에서 반짝이고 있었다.

★

그 후 오랫동안 너를 보지 못했다. 평온하고 무미건조한 나날 속에서 나는 하루하루 자라나 초등학교를 졸업하고 차례대로 중학교와 고등학교에 진학했다. 나는 여전히 둔하고 느린 아이였고, 무엇을 하건 다른 아이들보다 몇 배의 시간이 필요했다. 나는 그렇게 천천히 길을 걷고 밥을 먹고, 또 책을 읽고 숙제를 하며 느릿느릿 살아가고 있었다.

중학교에 입학한 후 아버지는 더는 내게 바이올린을 연주하게 하지 않았다. 아마 공부에 지장이 갈까 저어하셨던 모양이다. 소년궁에도 거의 가지 않게 되었다. 바이올린 케이스는 옷장 꼭대기에 방치된 채 먼지가 쌓여가고 있었다. 별다른 할 일이 없는 오후면 나는 혼자 천천히 강가로 걸어갔다. 주위는 매우 조용했고 지나가는 사람도 없었다. 나는 허공에 손을 뻗어 보이지 않는 바이올린에 활을 그으며 들리지 않는 선율을 연주하곤 했다.

멀리서 불어오는 바람에는 언제나 달거나 쓰디쓴 내음이 섞여 있었다. 물결을 타고 흘러가는 희고 붉은 꽃잎들은 어딘가 나른해 보였고, 어디로 흘러가는지 전혀 신경 쓰지 않는 것 같은 모습이었다. 나는 그곳에서 오랫동안 반복해 같은 곡을 연주했다. 바로 네가 연주했던 그 곡을. 나는 더 이상 그 곡의 제목을 알고 싶지 않았다. 마치 내 앞에 있는 강의 이름을 알지 못해도 상관없는 것처럼 말이다. 나는 보이지 않는 활을 천천히 움직이며 선율을 강물의 박자에 녹아들게 했다. 그럴 때면 나 자신도 함께 물을 따라 저 멀리, 세계의 끝까지 흘러가는 것 같았다. 과거도 미래도 없는 어딘가로.

생활은 단조롭고 적막했다. 수업을 듣고 숙제를 하는 것 외에 취미라고 해봤자 책을 읽고 멍하니 공상에 잠기는 것뿐이었다. 학교 근처에 작은 도서관이 하나 있었는데, 나는 그곳 2층 창가에 앉아 있는 것을 좋아했다. 누군가의 방해도 없고 시계의 째깍거리는 소리도 들리지 않는 그곳에서라면, 나도 모르는 새에 시간이 훌쩍 흘러가곤 했다.

★

언젠가 책에서 인류의 시간에 대한 감각은 대뇌 안 어떤 한 구역과 관계가 있다는 내용을 읽은 적이 있다. 대뇌 안 그 구역에는 보이지 않는 시계가 숨겨져 있는데, 우리의 심장 박동, 맥박, 호흡의 빈도수 등을 제어하며 또 얼마나 많은 시간이 우리 몸 안에서 흐르고 있는지 알려준다. 다만 이 시계는 영원히 정확한 것은 아니니, 옛사람들이 말하던 '황량일취몽(黃粱一炊夢)'*이나 '하루를 보지 못하면 아홉 달을 보지 못한 것 같다(一日不見, 如隔三秋)'** 같은 이야기는 사람들이 시간에 대해 느끼

---

* 인생이 덧없고 영화도 부질없음을 이르는 말. 당나라 때 소년 노생이 도사인 여옹의 베개를 베고 잠들었다가 80세까지 부귀영화를 누리는 꿈을 꾸었다. 그러나 깨어 보니 아까 짓던 밥이 채 익지 않았더라는 고사에서 유래했다.

** 《시경(詩經)》에 나오는 구절

는 감각이 끊임없이 변화한다는 것을 증명한다. 조물주는 인간을 창조할 때 실수로 어떤 사람들의 시계는 빠르게 혹은 느리게 조절했음이 틀림없다. 그래서 천성적으로 재빠른 사람과 느린 사람이 있고, 또 예민한 사람과 둔한 사람, 언제나 선봉에 서는 사람과 뒤에서 따라가는 사람, 대담하고 과감한 사람과 우유부단한 사람이 존재한다.

그리하여 사람들은 언제나 타인과 사뭇 다른 시간 속에서 살아가게 되어 있는 것이다. 마치 달팽이와 꾀꼬리처럼.

2

찰랑거리는 저 물,
깊지도 않건만

열여덟 살이 되던 해, 나는 고향을 떠나 북방에 있는 대학을 다니게 되었다. 부모님은 나를 학교까지 데려다주겠다고 몇 번이고 이야기하셨지만, 나는 혼자서도 갈 수 있다고 고집을 부렸다. 내가 전국에서 손꼽히는 명문대에 입학하게 되다니, 부모님은 깜짝 놀란 것이 분명했다. 기차역에서 작별을 고할 때도 어머니는 계속 잔소리를 늘어놓았고 마침내 아버지가 그런 어머니를 제지했다.

"이제 그만. 우리 애는 아주 성실하니까. 설사 나중에 대단한 인물은 되지 못한다 해도 별다른 일은 없을 거야."

나는 웃으며 온순하게 고개를 끄덕였다. 그해 여름 이후 내가 자란 마을에서는 부모들이 나를 예로 들며 '재능이 부족하다 해도 성실하기만 하면 충분하다'는 이야기를 하게 되었다.

낯선 도시에 도착한 후 가장 먼저 느낀 것은 시간이 빨리 흐르고 있다는 것이었다. 거센 물결처럼 밀려오는 사람들이며 끊임없이 이동하는 차량, 깜빡이는 불빛과 소음. 모든 이들이 정신없이 달리며 무엇인가를 쫓고 또 서로 밀치고 고함을 질러댔다. 고요한 순간은 잠시도 없었다. 계속 낯선 사람이 내 몸에 부딪히고 눈 깜빡할 사이에 다시 흔적도 없이 사라졌다. 또 누군가는 내가 알아들을 수 없는 사투리로 소리를 치거나 이해할 수 없는 농담을 던지기도 했다. 기차역에서 학교까지는 1시간도 채 걸리지 않는 여정이었지만 내게는 전쟁을 치르는 것처럼 길게만 느껴졌다. 짐을 질질 끌며 비틀비틀 교정으로 들어섰을 때는, 나 자신이 마치 강을 거슬러 올라가는 물고기가 된 것 같은 기분이었다. 몇 번의 생에 걸쳐 모아둔 힘을 다 써버린 느낌이랄까.

내가 이런 생활에 정말로 적응할 수 있을까?

대학 생활은 상상했던 것과는 달리 원래의 생활과 그렇게 다르지는 않았다. 여전히 매일 아침 일어나 식당에, 교실에, 도서관에 갔다. 밥을 먹고 수업을 듣고 공부를 하고 다시 기숙사로 돌아오고…. 교정은 매우 넓었지만, 나는 자전거를 타는 법을 배우지 못해 여전히 걸어 다녀야 했다. 숲길을 느릿느릿 걸어 광장을 지나고, 다시 푸른 나무로 둘러싸인 호수를 지나고. 나는 여전히 단조롭고 적막한, 친구도 취미도 없는 삶을 보내고 있었다. 남는 시간은 도서관에서 보내거나 멍하니 있곤 했다.

나라고 자신을 변화시킬 생각을 해보지 않은 것은 아니었다. 몰래 동아리 전단을 모았고, 밤이 되면 침대에 달아놓은 커튼 안에 숨어 한 장 한 장 살펴보았다. 학교에는 동아리가 아주 많았다. 음악, 미술, 춤, 등산, 무술, 운동, 보드게임, 연극, 인라인 스케이트 등 젊은 사람들이 좋아할 만한 것이라면 무엇이건 동아리가 있는 모양이었다. 나는 며칠 동안 깊이 있는 연구를 진행했지만, 결국 나에게 적당한 동아리를 하나도 찾아내지 못했다. 나는 원래 운동에는 재능이 없었다. 고등학교 시절 100미터 달리기를 할 때도 몇 번이고 다시 뛰었지만, 결국 선생님이 슬쩍 기준을 낮춰주어서야 겨우 패스할 수 있었다. 악기 쪽도 한참 전에 재능이 없다고 결론이 난 상태였다. 다른 쪽은 어떨까? 하지만 나처럼 서툴고 굼뜬 사람은 아마 무엇을 하건 창피를 당할 일밖에는 없을 것이다. 이런 생각으로 며칠을 망설인 결과 모든 동아리의 신입 부원 모집 시간이 지나버렸고 나는 결국 동아리에 드는 것을 포기할 수밖에 없었다.

9월 말이 되자 학교는 관례대로 신입생을 위한 파티를 열어주었다. 기숙사 룸메이트가 같이 가자고 청했고, 나는 얼떨결에 승낙했다. 주말 저녁, 나는 긴 머리를 감아 말린 다음 어깨에 늘어뜨리고, 갖고 있던 유일한 원피스를 입었다. 빌려 신은 은빛 댄스 슈즈는 중간 정도 굽의 하이힐이었다. 나는 화려하게 치장한 여학생들을 따라 파티가 열리는 홀로 들어갔다. 어두운 실내에서 남녀가 짝을 지어 손을 잡고 춤을 추고 있었다. 갑자기 두 다리에 힘이 풀렸다. 마치 언제라도 바닥에 녹아내려 물웅덩이로 변해버릴 것 같은 기분이었다.

나는 으슥한 구석에 몸을 숨겼다. 수많은 사람이 어두운 밤 반딧불처럼 내 앞을 스쳐 갔다. 함께 왔던 여학생들이 모두 춤을 신청받아 나가자 나는 오히려 안도의 한숨을 내쉴 수 있었다. 이렇게 혼자 조용히 있는 편이 훨씬 나았다.

벽에 걸린 시계는 계속 째깍거리고 있었다. 시간이 얼마나 흘렀을까, 나는 계속 작은 잔에 담긴 오렌지 주스를 홀짝이고 있었다. 그때 갑자기 누군가가 내 앞에 나타났다.

"함께 춤추시겠습니까?"

나는 고개를 들었다. 어둠 속에서 얼굴이 새빨갛게 달아오르기 시작했다. 나에게 말을 건 사람은 중년 남성으로, 키는 크지 않았고 땀에 젖은 이마가 불빛을 받아 번쩍거리고 있었다. 나는 뒤로 물러나며 거절의 말을 하려 했지만, 아무리 해도 말이 나오지 않았다.

남자는 잠시 기다리다가 내가 앉은 채로 가만히 있는 것을 보자 재빨리 손을 뻗어왔다. 내가 반응하기도 전에 차갑고 땀에 젖은 손이 이미 내 손바닥을 덮어왔고, 나는 깜짝 놀라 다급하게 몸을 뒤로 빼다가 그만 팔로 오렌지 주스 잔을 건드리고 말았다. 주스 잔은 요란한 소리를 내며 바닥에 떨어졌고, 차가운 액체가 빗방울처럼 사방으로 튀었다. 내 치마 위에, 다리에, 그리고 빌려 신은 하이힐 위에.

남자는 당황하여 굳은 표정을 지었고, 나는 간신히 미안하다고 중얼거린 후 고개 숙인 채 황망하게 홀을 나왔다.

싸늘한 밤바람에 도로 양쪽으로 백양목이 바스락거리고 있었다. 나는 혼자 어두컴컴한 길을 달리기 시작했다. 하이힐 속 오렌지 주스는 점점 더 끈적끈적하게 변하는 중이었다. 그때 갑자기 뒤에서 끼익 하는 소리가 들렸고, 나는 뒤를 돌아보려다

그만 발을 헛디뎌 넘어지고 말았다.

다리에 매서운 통증이 일었다. 나는 이를 악물고 버텨냈다. 울지 말아야지. 아무리 아파도 울지 않을 거야….

"괜찮습니까?"

나는 멍하니 고개를 돌렸다. 희미한 불빛 아래 흰옷을 입은 남학생이 자전거에서 내리고 있었다.

"내가 친 것은 아니겠지요? 굉장히 천천히 뛰고 있었던 것 같은데…."

남학생의 목소리는 당황스러운 듯도 했고 무엇인가 의심하고 있는 것 같기도 했다.

나는 이를 악문 채 고개를 저었다. 어쩐지 좀 웃고 싶었다. 물론이지, 네가 나를 친 것이 아니야. 내가 서툴러서…. 내가 혼자 넘어진걸.

남학생이 자전거를 세우고 허리를 굽혔다. 귤빛 가로등이 익숙하면서도 낯선 얼굴을 비춰주었다. 그래, 너였다. 콧날의 그 작은 점이 아니더라도 나는 너를 바로 알아볼 수 있었다. 너는 물론 예전과 많이 달라져 있었디. 기도 아주 거셨고, 얼굴의 생김새며 윤곽도 분명해졌으니까. 얼핏 보기에 보통 대학 신입생보다 훨씬 성숙해 보이는 느낌이었지만, 눈썹을 살짝 찌푸리는 모습에서는 아직 어린 티가 났다.

그렇게 오랜 세월이 흘러, 나는 여기에서 다시 너를 만나게 되었다.

나는 멍하니 네 얼굴을 바라보았다. 대체 무슨 말을 해야 하는 걸까. 너는 나를 알아볼 수 있을까? 비록 8년이 지났지만 사실 나는 그다지 많이 변하지 않았는데. 여전히 동글동글 아기 같은 얼굴이잖아. 알아봐줄 수 있겠어?

너는 나를 한참 살펴보더니 머리를 긁적이며 물었다.

"혹시… 어디 다치기라도 했나요? 병원에 데려다줄까요?"

나는 계속 넋이 나간 표정을 짓다가 겨우 고개를 저었다. 나를 알아보지 못하는구나.

"그럼, 기숙사로 바래다줄까요?"

잠시 망설인 끝에 나는 고개를 끄덕였다.

"일어설 수 있겠습니까?"

나는 네가 내민 손을 잡고 비틀거리며 몸을 일으켜 세웠다. 네 손은 여전히 너무나 뜨거웠고 또 너무나 힘이 들어가 있었고…. 너의 가늘고 긴 손가락은 균형이 잘 잡혀 있어 우아하고 아름다워 보였다. 그리고 너의 그 손가락이 내 팔에 닿는 순간, 나는 팔에 작열하는 흔적이 남을 것 같은 환상을 맛보아야만 했다.

나는 네 자전거 뒷좌석에 비스듬히 앉았다. 너는 잘 잡으라고 말한 후 페달을 밟기 시작했다. 자전거가 어둠을 가르며 질주하기 시작했고, 귓가로 휘잉, 거친 바람 소리가 들려왔다. 나는 깜짝 놀라 네 옷자락을 잡았다. 세상에, 그동안 그리도 오랜 세월이 흘렀건만! 너는 여전히 이리도 급한 성격이구나.

"몇 동에 살아요?"

"31동이요."

"아, 신입생?"

"네."

"파티에 갔었나 보죠?"

"네."

"재미있던가요?"

"그럭저럭이요."

나는 가까스로 대답했다.

너는 웃으며 그 이상 아무 말도 하지 않았다. 네 겉옷은 계속 바람에 날리고 있었는데, 마치 새하얀 새가 날갯짓을 하는 모습 같았다.

나는 궁금함을 억누르지 못하고 물었다.

"그쪽은요? 그쪽은 파티에 안 갔었나요?"

"재미없으니까."

네가 대답했다.

꽤 먼 길이었는데도 금세 도착한 것만 같았다. 너는 기숙사 앞에 자전거를 급하게 세우고, 나를 부축해주었다. 나는 낭패스러운 몰골로 밤바람을 맞으며 비틀거렸다. 기숙사 문 앞으로는 푸른 나무들이 우거져 있었고, 연인들이 나무 그늘을 빌려 서로를 끌어안은 채 이별을 아쉬워하고 있었다.

너는 조금 난처했는지 고개 숙인 채 미소 지었다.

"어쩌다 보니 갑자기 내가 굉장히 좋은 사람이 된 것 같습니다."

나도 그만 따라 웃고 말았다.

"잘 자요."

네가 말했다.

"좋은 꿈 꾸고."

나는 방으로 돌아와 옷을 갈아입고 상처 부위를 씻어낸 다음 소독약을 발랐다. 상처의 통증이 의외로 익숙하다는 생각이 들었다. 다시 한번 너를 만났고, 또 부상을 입었다. 이게 과연 행운일까, 아니면 불행일까. 영영 모를 일이었다.

그 후로는 너를 자주 볼 수 없었다. 그러나 어디를 가건 너의 이름을 들을 수는 있었다. 학교에서 너는 유명인사였고, 너를 모르는 사람은 거의 없었다. 사람들은 너의 바오쑹(保送)* 성적에 관해 이야

---

* 중국에서 성적이 아주 우수하거나 특별한 재능이 있는 경우 국가 기관이나 기업, 군대 등 공식적인 단체의 추천을 받아 정식 시험을 거치지 않고 대학이나 대학원 등에 조기 진학할 수 있는 제도

기했고, 또 네가 각종 체육 대회에서 펼친 활약을 이야기했다. 평소 공부를 전혀 안 하는데도 시험 전날 하룻밤만 책을 읽으면 만점을 받는다고 했던 가. 아, 네 게임 실력 이야기도 있었다. 입신의 경지에 이르렀다고 했지. 심지어 아주 어려웠던 기말고사에서 너 혼자 시험지를 열 장도 넘게 채우고, 귀신도 모르게 주변 친구들의 시험지와 바꿔주었는데 시험지의 글씨체가 모두 달랐다는 전설 같은 이야기도 있었다. 성적이 나온 후 네 동기들이 너를 어깨에 떠메고 운동장을 가로지르며 네 이름을 부르고 연신 만세를 외쳤다지.

네 진짜 나이에 관해 이야기하는 사람도 있었지만, 대부분은 그 이야기를 믿지 않았다. 그렇게 잘생기고 또 그렇게 키가 큰데 어떻게 열다섯 살일 수 있느냐면서. 농구 경기가 있을 때면 많은 여학생이 너를 보기 위해 운동장으로 나왔다. 너는 단 몇 초 만에 상대의 골 밑으로 파고들어 레이업 슛을 했다. 상대 팀은 가쁜 숨을 몰아쉬면서도 너를 따라잡지 못했고, 너를 응원하는 고함이 어찌나 큰

지 교실 안에 있던 내 귀에도 들려올 정도였다.

너는 토론팀에 참가하고, 또 영어 말하기 대회에도 나갔다. 신입생 대표가 되어 전교생 앞에서 발언하고 학생회장 자리에 입후보하기도 했다. 어디건 눈길을 끄는 자리에는 항상 네가 있었고, 너는 언제나 화제의 초점이었다. 네가 스포트라이트를 받을 때면 나는 언제나 그 고요했던 오후를 떠올리곤 했다. 피아노 앞에 앉아 있던 너와… 네가 연주하던 그 곡을 나는 한순간도 잊지 못하고 있었다.

빛이 너무나 밝아 눈이 부셨기에 나는 눈을 감고 심호흡을 해야 했다. 이게 바로 너야. 언제 어디서나 빛을 발하는 너. 대체 어떻게 해야 너에게 조금 더 가까이 갈 수 있을까? 어떻게 해야 네가 나를 볼 수 있게 할 수 있는 걸까….

대학 2학년이 되던 해, 너는 사람들과 밴드를 결성했다. 네 첫 무대의 표는 공연 일주일 전에 매

진되었다. 나는 앞으로 비집고 나갈 엄두를 내지 못하고 가장 멀리 떨어진 구석에서 너를 바라보았다. 네가 전자 기타를 안고 솔로 연주를 할 때 그 자리에 있는 관객들은 모두 환호성을 질렀다. 너무 멀리 있던 나는 아무것도 볼 수 없었고, 그저 다양한 빛깔의 음표들이 뒤엉키며 다투는 것만을 들을 수 있었다. 그 음표들은 마치 공연장을 채운 공기마저 모두 불살라버릴 것 같았다.

"재미없다."

나는 문득 오래전의 일을 다시 떠올렸다. 너는 휠체어에 앉은 채 어른처럼 탄식했었다.

너는 우리가 함께 정치 수업을 들었던 학기를 기억하고 있을까? 나는 언제나 아침 일찍 교실로 가서 마지막 줄 창가 자리를 골라 앉았다. 그 자리에서라면 네가 어디에서 들어오건 너를 뒤에서 관찰할 수 있으니까. 하지만 너는 수업에 거의 들어오지 않았고, 가끔 들어오더라도 10분 정도 앉아 있다가 다시 몰래 뒷문으로 빠져나가곤 했다. 단한 번 내가 교실에 들어갔을 때 네가 교실에 미리

와 있었던 적이 있긴 했다. 너는 책상에 엎드려 자고 있었다. 얼굴을 팔에 묻고 있었지만, 나는 한눈에 너를 알아볼 수 있었다.

나는 살금살금 걸어갔다. 그리고 의자가 삐걱거리는 소리가 너를 깨우지는 않을까 겁을 내며 아주, 아주 천천히 자리에 앉았다. 나는 책과 공책을 꺼내 지난 수업을 복습하는 척하며 계속 너를 훔쳐보았다. 너는 조용히 엎드린 채 움직이지 않았고, 단단한 어깨와 등이 셔츠 아래에서 가볍게 올라왔다 내려갔다 하고 있었다. 잠을 잘 때의 호흡조차 이리 급하다니. 나는 슬쩍 내 맥박을 잡아보았다. 놀랍게도 너의 맥은 나보다 몇 배나 빠르게 뛰고 있었다.

갑자기 네가 움직였다. 잠에서 깨어나려는 것일까? 그러나 너는 몸을 옆으로 돌리더니 계속 자기 시작했다. 아아, 다행이다. 이번에는 네가 얼굴을 내 쪽으로 향했기에 네 얼굴을 자세히 살필 수 있었다. 너를 알게 된 지 꽤 오래였지만, 이렇게 너를 자세히 관찰히는 것은 처음이었다. 네가 얌전히 있는 일은 거의 없었으니까. 네 안색은 조금 피로해 보였고, 턱이며 입가에 이미 수염이 살짝 자라기 시작하고 있었다. 가볍게 떨리는 속눈썹이며 심하게 흔들리는 눈꺼풀을 보면 무척 긴장되고 격렬한 꿈을 꾸고 있는 것이 분명했다.

오후의 햇살이 한 치 한 치 움직였다. 사람들이 하나하나 들어와 텅 비어 있던 교실을 가득 채웠다. 그러나 그것은 다른 세계의 일이었다. 너와 나 사이에서는 시간이 점차 느리게 흘러 마침내 정지했다. 바람 사이로 익숙한 음악이 희미하게 들려왔다. 이리도 짧은 한순간에 그리도 기나긴 세월이 담겨 있었다.

이대로, 이대로 멈춰 있어줘. 나는 말없이 소원을 빌었다. 네가 이대로 계속 잠을 잔다면 얼마나 좋을까. 아아, 계속 이렇게 너를 지켜볼 수 있다면. 만약 인생에서 한순간을 골라 정지화면으로 만들 수 있다면, 나는 분명히 이 순간을 선택할 거야….

그러나 수업을 시작하는 종이 울렸고, 너는 눈을 떴다.

나는 아무 방비도 없이 너와 시선을 마주하게 되었다. 너의 맑은 눈동자에서 흘러나온 빛에 나는 숨이 가쁘고 이마가 뜨거워졌다.

"지난번 수업 들었어요?"

너는 살짝 가라앉은 목소리로 물었다.

나는 고개를 끄덕였다. 너는 또 나를 알아보지 못했다. 당연히 알아보지 못한다.

"필기 좀 빌려줄래요?"

나는 다시 고개를 끄덕였다.

너는 손을 뻗어 내 책상 위의 공책을 가져가더니 휘리릭 펼쳐보았다. 네가 좀 더 천천히 노트를 보기를 얼마나 바랐던가. 그렇게 빨리 읽지 말아. 그렇게 서두르지 말고…. 어쩌면 너는 내 공책을 빌리고 싶어 할지도 모른다. 아니면 가져가 복사를 한다거나. 그럼 다음 수업 시간에 나에게 공책을 돌려주러 올 테고, 그렇게 되면 나는 너를 또 볼 수 있겠지. 그러나 내가 이런 생각을 하는 사이, 너는 이미 내 필기를 다 읽어버렸다.

"고마워요."

너는 공책을 내 책상 위에 놓고, 번개 같은 속도로 물건을 챙긴 다음 가방을 메고 가볍게 의자 등을 넘었다. 그리고 재빨리 뒷문으로 나가 멀리 사라졌다.

그 후 1시간 내내, 나는 수업 내용은 한마디도 귀에 담지 못했다. 얼음처럼 차가우면서도 뜨거운 액체가 내 위장을 가득 채우고 끈적끈적, 목까지 치밀어 오르는 것 같은 기분이었다. 너는 또 이렇게 달려가버리는데 나는 너를 쫓아가지 못하고….

내가 무엇을 하면 네가 나에게 신경을 쓸까? 대체 어떻게 해야 너에게 말을 걸 용기를 낼 수 있지? 네 곁에 앉아 고향 이야기를 할 수 있는 방법은 무엇일까? 내가… 내가 어찌해야 네가 나를 기억해줄까? 잠들 수 없는 수많은 밤을, 나는 이런 질문에 심장을 쥐어뜯기며 보냈다. 쥐어뜯긴 가슴은 텅 비어 황무지가 되었다. 나처럼 느린 사람은 어떻게 해야 너의 발걸음을 따라잡을 수 있는 거야? 어떻게 해야 너를 멈추고 싶게 만들 수 있지? 어떻게 하면 나를 돌아봐줄 거야?

나는 너의 눈길을 받을 수 없었다. 그래, 나는 알고 있었다. 나는 너무 평범하고 또 너무 둔해서, 길가의 돌멩이처럼 눈에 띄지 않는 존재였다. 나는 교정에서 네가 자전거에 온갖 여자들을 태우고 달려가는 모습을 자주 마주쳤다. 머리가 긴 여자, 머리가 짧은 여자, 귀엽고 아담한 여자, 혹은 늘씬하고 키가 큰 여자, 청초한 여자, 그리고 고혹적인 여자… 여자들은 수줍은 듯 고개를 숙이거나 혹은 대담하게 너의 허리를 끌어안았다. 너는 번개처럼 빠르게 사람들을 헤치고 달렸고, 너의 뒤로는 언제나 부러움의 탄식이 들려왔다. 그러나 여자들은 곧 차례대로 사라졌고, 새로운 얼굴로 바뀌었다. 길면 한 달, 짧으면 채 며칠도 걸리지 않았다. 네가 여자친구를 바꾸는 속도는 이미 기록적이었고, 물론 이 기록은 너만의 전설에 더해지게 되었다. 어쨌든 전설이란 것은 재미있는 가십거리가 더해져야 비로소 완전해지는 법이니까.

한번은 문을 나서는 순간, 같은 기숙사에 사는 여학생이 네 자전거의 뒷자리에서 뛰어내리는 장면을 마주하게 되었다. 그 여학생이 계단을 오르려는 순간, 너는 갑자기 그 학생을 끌어당겨 이마에 가볍게 입을 맞췄다. 멜로 영화의 한 장면처럼 아름다운 모습이었다. 그리고 나는 네가 그 여학생에게 작별 인사를 하고 다시 자전거에 올라타 멀리 사라질 때까지 나무 뒤에 서서 바보같이 바라보기만 했다. 그때가 아마 5월이었을 것이다. 하늘을 가득 채운 털백양 꽃이 흩날리는 눈처럼 정원에 내리고 있었으니까.

그 후 며칠 동안 나는 몰래 그 여학생을 관찰했다. 그 여학생의 표정, 목소리, 움직임, 자태…. 얼마나 기쁜 표정을 짓고 있는지, 행복의 광채가 흘러내리지는 않는지. 매일 밤 그 여학생이 기숙사에 돌아오면 나는 네가 그 여학생과 어디에서 무엇을 했는지 추측할 수 있었다. 나는 그 여학생을 질투했고 그 여학생과 많은 말을 나누고 싶지 않았다. 그러나 그 여학생이 웃는 모습을 보면 또 나도 모르게 같이 웃고 있었다. 마치 그 여학생이 느끼는 다디단 행복이 나에게까지 번져와 싹을 틔우고 꽃을 피우는 것처럼.

그러던 어느 주말, 나는 기숙사 창문을 통해 너를 발견했다. 너는 라일락 나무 아래 서서 두 다리를 자전거 양편에 걸치고 있었다. 너는 분명 그 여학생을 기다리는 중이었다. 그러나 그 여학생은 아직 거울 앞에서 콧노래를 흥얼거리며 화장을 하고 있었다. 나는 나도 모르게 초조해졌다. 네가 자기를 기다리고 있다는 것을 모르는 걸까? 어째서 저렇게 느긋한 거지? 네 성격이 얼마나 급한데…. 네가 얼마나 기다리는 것을 싫어하는데…. 설마 그런 것에 조금도 개의치 않는 걸까?

참을 수 없어진 나는 작은 목소리로 말했다.

"네 남자친구가 너를 기다리고 있는 것 같아."

'남자친구'라는 단어를 말하는 순간, 내 얼굴은 금방이라도 불타 없어질 것만 같았다. 그 여학생은 거울을 통해 나를 흘깃 보더니 아무렇지도 않은 목소리로 말했다.

"그래?"

그러고는 서두르는 기색 없이 계속 마스카라만

바르고 있었다. 나는 조용히 곁에 앉아 몰래 시계를 보기 시작했다. 초침이 째깍째깍 움직이고 있었다. 가끔은 빠르게, 또 가끔은 느리게. 너는 여전히 나무 아래에서 기다리고 있었는데, 언제부터인지 손가락 사이에 담배가 들려 있었다. 나는 그때 네가 담배를 피운다는 사실을 처음 알았다.

마침내 그 여학생이 화장을 끝내고 천천히 문을 나섰다. 나는 재빨리 창가로 달려가 그 여학생이 너에게 다가가는 것을 지켜보았다. 너는 별다른 말 없이 담배를 끄고 그 여학생을 태운 채 사라졌다. 나는 길게 안도의 한숨을 내쉬었지만, 그 한숨의 의미가 흐뭇함인지 아니면 실망인지는 스스로도 모를 일이었다.

그날 이후, 너는 다시 우리 기숙사에 나타나지 않았다. 어찌 된 일인지 알 것 같았지만, 나는 직접적으로 물어볼 엄두를 내지 못하고 있었다. 그러던 어느 날 모두 함께 식당에서 식사하고 있을 때였다. 다른 학생 하나가 네가 요즘 누구와 사귀는지 이야기하기 시작했고, 나는 몰래 그 여학생의 안색을 살폈다. 그 여학생은 화가 난 얼굴로 젓가락을 내동댕이치고 화가 난 목소리로 외쳤다.

"걘 진짜 어디 아프다니까!"

그 순간 나는 그대로 굳어버렸다. 마치 쥐 죽은 듯 고요한 곳에서 천둥소리를 들은 것과 같은 충격이었다. 아아, 그래, 맞다. 너의 그 세상에 휩쓸리지 않는 그 빠른 속도라는 건, 나의 이 둔하고 느린 성격과 마찬가지로 결국은 병이었다. 조물주가 우리를 창조할 때 우리의 몸 안에 있는 작은 시계들을 잘못 조절한 것이 틀림없었다. 그래서 우리는 비록 사람들 사이에 섞여 살고 있지만, 언제나 다른 이들과 다른 주파수로 말을 하고 움직이는 것이다. 사람들은 저 시간이라는 이름의 광활한 강물 속을 서로 어깨를 스치며 같은 방향을 향해 걸어간다. 그러나 우리는 그 거대한 흐름에서 떨어져나온 가느다란 지류에 외로이 서 있는 것이다.

나는 영원히 너의 시간에 도달할 수 없을 것이다.

'찰랑거리는 저 물, 깊지도 않건만.

안타까이 바라볼 뿐 말을 잇지 못하고.'*

★

그 후로 나는 더 이상 너에게 신경을 쓰지 않기 위해 노력했다. 너의 재능, 빛나는 너의 모습…. 그 모든 것을 보아도 보지 못한 척, 들어도 듣지 못한 척하려고 애를 썼다는 이야기다. 보지 않고 듣지 않고 생각하지 않는 것, 이러한 것들은 원래 내가 잘하는 일이기도 했다. 기숙사, 식당, 도서관, 실험실, 나는 이 네 곳을 벗어나지 않는 규칙적인 생활을 했고, 운동장을 지날 때면 고개를 숙인 채 발걸음을 재촉했다. 들려오는 환호성이며 고함 소리가 아예 존재하지 않는 것처럼.

나는 그렇게 다시 나만의 작은 세계로 몸을 숨겼다.

어느덧 4학년이 되었다. 나는 무사히 대학원에 특별전형으로 합격했다. 면접에 들어온 교수님들

* 《고시십구수》 중 10수 〈초초견우성〉의 한 구절

은 만장일치로 나를 합격시키며, 이렇게 성실하게 노력하는 학생은 정말 드물다고 입을 모아 말했다. 오랜만에 조금이나마 한가한 나날을 보내게 된 나는 선배의 부탁을 받아 학교 방송국에서 시간을 보내게 되었다. 내가 맡은 일은 아주 간단했다. 매일 저녁 6시에 음악을 틀고 미리 준비해둔 원고를 읽으면 그만으로, 창의적인 아이디어 같은 것은 필요 없이 그저 정확하게만 하면 되는 일이었다.

"넌 목소리가 아주 좋아."

선배가 말했다.

"그보다 더 중요한 것은 말하는 속도가 느리다는 거야. 올해 새로 들어온 저 새내기들 말이야, 말을 할 때면 어찌나 빠른지. 그래서야 어떻게 다른 사람들이 똑똑히 알아들을 수 있겠어?"

말하는 속도가 느리다는 것이 장점이 될 수 있다니, 나는 과분하게 느껴지는 칭찬에 몸 둘 바를 몰랐다. 그래서 나는 그 일을 계속하기로 마음을 먹었다. 혼자 기계에 대고 말을 하는 것은 다행히도 그렇게까지 긴장되는 일이 아니었다.

학교 방송국은 교정 서쪽 고색창연한 작은 뜰에 있었다. 5월이면 담장에서 자등화가 흠뻑 쏟아져 내리는 곳이었는데, 나는 담장을 지날 때면 항상 고개를 들어 한참 동안 환상적인 꿈과 같은 그 아름다움을 감상하곤 했다. 꽃이 피어 지기까지는 고작 한두 주 남짓이니, 다음에 이 담장 아래를 지날 때도 이 아름다움이 남아 있을지 확신할 수 없었다.

그리도 아름답게 피었건만, 이리도 황폐한 담벼락을 장식하게 되다니. 꽃과 같이 아름다운 너를 찾아 헤매었건만, 세월은 물 흐르듯 지나가버렸노라.*

"다시 졸업 시즌이군."

선배가 말했다.

"졸업생들을 불러 인터뷰를 하면 어떨까 싶어. 화제성도 있고 개성도 있는 인물들로 뽑아서 말이야. 매 주말에 한 편씩 하고, 네가 진행을 맡으면

---

* 중국 명대의 희곡 〈모란정(牡丹亭)〉의 한 구절

좋겠는데. 어때?"

나는 당연히 거절할 생각이었다. 기계에 대고 말하는 것과 진짜 사람을 앞에 두고 대화하는 것은 완전히 다른 일이니까. 그러나 선배의 입에서 가장 먼저 나온 이름은 바로 너였다.

결국 나는 고개를 끄덕였다.

네가 오는 날, 나는 일찍 학교 방송국에 도착해 너를 기다렸다. 이른 아침 해가 나와 이파리에 맺힌 이슬을 말리고, 꿀벌이 윙윙거리며 꽃밭 아래에서 노래를 부르고 있었다. 담장 밖에서는 아이들이 왁자지껄 떠드는 소리가 들려오고, 길고양이 한 마리가 여유롭게 정원에서 먹이를 찾는 중이었다.

햇살이 한 치 한 치 움직여 공기 속에 온기를 남기고 있을 때, 마침내 네가 도착했다. 키가 큰 그림자가 정원 문을 지나 들어오고, 나는 2층 창가에 앉아 네 발걸음 소리가 가까워지기를 기다렸다.

"미안합니다. 제가 늦었지요. 사정이 좀 있었습니다."

네가 내게 사과했다.

"오래 기다리셨나요?"

"괜찮아요. 어차피 다른 할 일도 없었으니까."

나는 차를 한 주전자 우려 탁자에 내려놓았다.

"아아."

너는 고개를 끄덕이더니 사방을 둘러보았다. 나
는 서랍을 열어 재떨이를 꺼내 너에게 밀어주었다.
너는 담배에 불을 붙이더니, 자연스럽게 담뱃갑을
내게 건넸다.

"피우시겠습니까?"

"아뇨, 괜찮아요."

"몇 학년이시죠?"

너는 담배 연기를 내뿜으며 물었다.

"4학년이에요."

"그래요? 훨씬 어려 보이는데. 무슨 과죠?"

"생명정보공학과."

"생명정보공학과?"

너는 웃기 시작했다.

"한 번도 본 적 없는 것 같은데."

"나는 너를 본 적 있어."

너는 다시 웃더니 담배를 몇 모금 더 빨아들인 후 껐다.

"자, 그럼 우리 시작할까?"

인터뷰는 순조로웠다. 나는 미리 준비해둔 원고대로 너에게 질문을 했고, 너는 고민 없이 즉석에서 답을 했다. 시원하면서도 재치 넘치는 답변들이었다. 대학에서 4년을 보내는 동안 너는 아주 많은 일을 겪었고, 그중 어느 단락을 꺼내더라도 모두 멋지고 재미있는 이야기가 되었다. 내가 웃는 얼굴로 너의 이야기를 조용히 듣는 동안, 벽에 걸린 시계는 계속 째깍거리며 움직이고 있었다.

1시간 정도 인터뷰를 진행하자 미리 준비한 질문도 동이 났다. 나는 주전자에 물을 부어 다시 한 번 차를 우려냈고, 너는 다시 담배에 불을 붙였다.

"음악 좀 틀까?"

내가 물었다.

"좋지."

버튼을 돌리자 음표 몇 개가 잔잔히 울리기 시작했다. 음표들은 물방울이 되어 고요한 시간 속으로 떨어지더니, 점차 뒤얽히며 흐르는 물소리 같은 선율로 변해갔다.

"아, 이 곡."

"들어본 적 있어?"

"아주 귀에 익어. 제목이 뭐였더라…."

"캐논."

내가 대답했다.

"이건 피아노와 바이올린 합주곡이야."

"좋은데."

너는 손끝으로 가볍게 박자를 맞추기 시작했다.

"고전음악을 좋아하는 모양이지?"

"그렇지는 않아. 그냥 이 곡만 좋아할 뿐이야."

"캐논을?"

"응."

저녁의 빛을 담은 시간이 음악 속을 스쳐 가고, 주변의 모든 것은 느리게 변했다. 따스한 바람 사이로 흩날리는 자등화의 향이 풍겨왔다.

"아주 조용한 편인가 봐. 방송국 진행자들은 말을 많이 하는 편일 거라 생각했는데."

"말하는 것보다는 잘 듣는 것이 중요하지. 주연은 바로 너니까."

"나는 말 없는 사람이 제일 무서워."

"그래?"

"주변이 조용해지면 시간이 아주 느릿느릿 길어지는 기분이 드는데 그걸 견디기가 힘들어. 그래서 나는 말이 많은 편이야. 다른 사람이 말을 끝내면 재빨리 끼어들어 침묵을 메워버리지."

"사람들이 모여 있을 때 갑자기 조용해지는 순간이 있잖아. 그건 하늘에 천사가 날고 있기 때문이라던데."

"그래? 그럼 나는 그 천사를 죽이는 킬러로군."

너는 총을 쏘는 동작을 해 보였고, 나는 웃었다.

"지금은 많이 나아졌어. 어릴 때는 말이 더 많았고, 말하는 속도도 빨랐거든. 주변 사람들 모두 나를 상대하지 않으려 했어. 내가 입을 열면 사람들은 무슨 다른 바쁜 일이 있는 척 자리를 피했고, 나 혼자 거기 남겨진 채 혼잣말을 할 수밖에 없었지. 나중에 어머니께서 그러셨지. 다른 사람들이 내 말을 듣기를 원한다면 천천히 말해야 한다고. 천천히 말해야 다른 사람들이 알아들을 수 있다고 말이야. 나는 아주 오랫동안 연습해야 했지."

"서두르면 오히려 어려워지는 일도 있으니까."

"그래, 서두르면 어려워지는 일."

너는 고개를 끄덕였다.

"너처럼 이렇게 고요할 수 있었다면 차라리 나았을 텐데."

무엇인가 내 가슴을 꿰뚫고 있었다. 그리고 그 꿰뚫린 곳에서 지나간 세월이 흘러나오기 시작했다.

"갑자기 생각나는 이야기가 있어."

"무슨 이야기?"

너는 세 번째 담배에 불을 붙였다.

"외로운 고래 이야기. 혹시 들어본 적 있어?"

"고래 이야기?"

"응, 이건 실화인데."

나는 말하기 시작했다.

"1989년, 미국의 해양학자가 태평양에서 고래

한 마리를 발견했어. 학자들은 그 고래를 여러 해 동안 추적했는데, 아주 이상한 일이 벌어진 거야. 10여 년 동안 이 고래는 가족도 친구도 만들지 못했어. 고래가 노래를 불러도 다른 고래들이 듣지 못했기에, 이 고래는 계속 반려를 찾지 못했지. 이유가 무엇이었는지, 알 것 같아?"

너는 손가락 사이에 담배를 낀 채 미소 지으며 고개를 저었다.

"왜냐하면, 그 고래가 노래하는 주파수가 52헤르츠였기 때문이야. 보통 고래의 주파수는 15헤르츠에서 25헤르츠 사이인데."

"음?"

"그 고래의 주파수는 계속… 틀려 있었던 거야."

방 안을 채운 빛이 너무 어두워 그 순간 네 얼굴에 스쳐 간 표정은 볼 수 없었다. 그러나 나는 네가 피로해 하고 있다는 사실을 알 수 있었다.

음악이 끝나자 너는 담뱃불을 끄고 내게 물었다.

"다른 약속 있어?"

"아니."

"그럼 같이 식사하는 건 어때?"

"좋아."

나는 망설임 없이 대답했다. 4년 동안, 처음이자 아마도 마지막으로.

"그럼 나가자. 내가 괜찮은 곳을 알고 있으니까."

우리는 문을 나섰다. 그새 자등화 향기는 저녁 하늘 아래 더욱 농밀해져 있었다. 너는 길가에 세워 놓은 차 옆으로 가더니 문을 열었다.

"네… 차야?"

나는 당황하여 물었다.

"물론. 이게 어디 차인지 알고 있어?"

"아니."

나는 차에 대해서는 전혀 아는 것이 없었다.

"달리기 시작하면 정말 황홀하지. 이 말이 무슨 뜻인지 바로 알게 될 거야."

네 입매가 살며시 올라갔다. 그 순간 나는 네 눈 에서 흘러나오는 빛을 다시 만났다.

나는 서투른 동작으로 차에 탔다.

"자, 안전벨트를 잊지 말고."

너는 차에 시동을 걸었다. 캠퍼스를 나와 순환도로를 타자 너는 속도를 더욱 높였고, 나는 좌석 아래 치맛자락을 죽어라 움켜쥐었다. 손바닥은 온통 땀으로 가득했다. 너무 빠르잖아! 차의 속도는 이미 내가 적응할 수 있는 한계를 넘어서 있었다. 그러나 이제 후회해도 늦은 일이었다. 나는 창밖으로 스치는 경치를 쳐다볼 엄두조차 내지 못하고, 그저 강시처럼 두 눈을 똑바로 뜨고 전방을 주시할 뿐이었다. 도로 양쪽으로 이어지는 가로등의 불빛이 마치 황금색 비처럼 얼굴로 쏟아졌다. 일순간 나는 타임머신에 앉아 과거 혹은 미래를 향해 달려가고 있는 듯한 착각에 사로잡혔다.

차가 멈췄을 때 나는 이미 어지러워 제정신이 아니었다. 나는 손목을 힘껏 꼬집어 구역질을 겨우 멈췄다. 주변에 등불이 드문드문 보이는 것이 아마 시내를 빠져나온 것 같았다.

"배고파 죽겠네! 자, 어서 먹으러 가자!"

너는 차에서 뛰어내리며 큰 소리로 선언하듯 외쳤다.

나는 너를 따라 농가로 들어갔다. 튼튼하게 생긴 검은 개 한 마리가 '멍멍' 하고 두어 번 짖더니 너를 보고 다시 나른하게 누워버렸다. 여주인은 매우 친절하게 우리를 포도 덩굴 아래로 안내하고서는 차를 내왔다. 초여름인지라 풀숲에서는 이미 벌레 우는 소리가 들려왔고, 사방에 꽃이며 과일 향기가 가득했다.

　　메인 요리는 생선이었는데, 도시 안에서는 구할 수 없는 것이라 했다. 세 근짜리 생선 한 마리로 네 가지 요리를 만들어 내왔는데, 얇게 썬 생선살에 표고버섯을 함께 요리한 샹구위펜, 산초와 소금으로 양념한 생선을 튀긴 자오옌위파이, 생선의 꼬리 부분에 기름과 설탕을 넣어 살짝 볶고 간장을 넣어 익혀 검붉은색이 나게 한 훙사오화수이, 그리고 생선 머리에 두부를 넣어 끓인 탕인 위터우더우푸바오였다. 나는 계속 위경련이 있는 상태였지만, 흥을 깨지 않기 위해 간신히 젓가락을 들었다. 너는 식욕이 아주 좋은 듯, 묵묵히 음식을 모두 먹어 치운 다음 맥주 두 병을 주문했다.

"돌아갈 때 운전해야 하잖아?"

"겁낼 필요 없어. 이 정도쯤이야."

너는 스스로 술을 따르며 즐거운 표정으로 말했다.

"반드시 안전하게 바래다줄 테니까."

물론 너야 겁이 나지 않겠지. 네가 언제 겁을 내본 적이나 있었을까.

내가 술을 마시지 않았기 때문에 너는 혼자 맥주 두 병을 깨끗하게 비웠다.

"내가 이렇게 많이 먹을지 몰랐지?"

너는 의기양양한 표정으로 웃으며 말했고, 나는 문득 네가 사실은 아주 젊다는 사실을 떠올렸다.

"응, 겉으로 보기와는 다르네."

"나는 신진대사가 활발한 편이라 많이 먹어야해. 어릴 때는 하루에 다섯 끼를 먹어도 충분하지 않았어. 체온도 보통 사람보다 훨씬 높아."

너는 손을 뻗어 손가락을 내 손등에 가져다 댔다. 금방이라도 내 피부를 불태워 구멍을 낼 듯 뜨거운 손가락이었다.

"네 손은 정말 차갑네."

"응, 나는 냉혈동물이야."

"운동하는 것을 싫어하지? 성격도 느린 편이고. 그러니까 거북이처럼."

너는 웃으며 손을 거두더니 다시 담뱃갑을 찾기 시작했다.

"거북이라면 좋겠네. 거북이는 장수하니까. 나 같은 사람은 분명 다른 사람들보다 일찍 죽을 거야."

나는 다시 가슴이 답답하게 아파 왔다.

"아아, 농담이야, 농담. 그러니까 그런 표정은 짓지 마."

너는 담배에 불을 붙였다.

"오늘 저녁 식사 어땠어?"

"아주 맛있었어."

"도시 전체에서 먹을 만한 생선 요리를 파는 곳은 여기뿐이야. 다른 데는 아주 봐줄 수가 없다니까. 어릴 때 우리 집 근처에 강이 있었거든. 나는 그 강에서 잡은 생선을 먹으며 자랐어. 생선을 건져 올린 다음 그 강물로 끓여 바로 먹으면, 얼마나 신선

하고 맛있는지. 북방으로 온 후로는 먹지 못하게 된 맛이야. 참, 너는 어디 출신이야?"

"나도 남방에서 자랐어."

나는 일부러 모호하게 대답했다. 나는 네가 그 이상 묻지 않을 것을 알고 있었다.

"우리 아버지는 낚시를 좋아했어. 나는 물론 아니었어. 그럴 인내심이 없었으니까. 하지만 항상 강에 가서 놀곤 했어. 강가에는 비탈이 하나 있었는데, 나는 그 비탈 꼭대기에서 단숨에 아래를 향해 달려 내려가는 걸 좋아했지. 강가에 닿을 무렵이면 제대로 멈추지 못하고 바로 강에 빠지곤 했지만. 참 이상하게도 어릴 때는 그게 일종의 시련이라 생각했어. 만약 강가에 닿았을 때 멈출 수 있으면 설사 내가 이기는 거라 해도⋯. 하지만 언제나 최후에는 참지 못하고 강으로 뛰어들었어. 물에 뛰어드는 순간, 굉장히 황홀하기도 하고 또 죄책감 같은 걸 느끼기도 했지. 나는 그렇게 나 자신과 힘을 겨뤘어."

나는 이둠 속에서 고개를 끄덕였다. 문득 이유

모르게 코끝이 시큰해 왔다. 그 강은 너무나 눈부시게 빛나고 있었지…. 마치 환상처럼.

"술이 들어가니 내가 말이 좀 많아졌지?"

너는 다시 담배 한 대를 꺼다.

"술을 마시지 않아도 말이 많던걸."

"옳은 말씀."

너는 웃으며 몸을 일으켰다.

"시간이 꽤 되었네. 가자. 바래다줄게."

우리는 함께 농가 밖으로 나왔다. 초여름의 밤바람은 시원하고 쾌적했고, 군청색 하늘에는 별들이 찬란하게 반짝이고 있었다. 이런 풍경은 이제 교외에서나 겨우 볼 수 있었다. 우리는 약속이나 한 듯 그 자리에 서서 별을 바라보았다. 갑자기 하늘 멀리에서 거대한 폭죽이 올라가더니 오색찬란한 꽃송이 모양으로 터졌다. 그리고 잠시 시간이 흐른 후에 그제야 폭죽이 터지는 소리가 멀리서 들려왔다.

"어서 봐."

네가 속삭였다.

나는 고개를 끄덕였다.

"으응."

그때만은 아무 말 없이도 너의 마음을 온전히 이해할 수 있었다. 이렇게 찰나의 빛은 너의 눈에도 나의 눈에도 똑같이 한순간에 스쳐 가버리는 무엇일 것이다. 피어나자마자 시들어버리고 태어나자마자 죽어버리는, 그러나 결코 환각은 아닌 무엇.

너는 나를 돌아보았다. 붉고 푸른빛이 네 얼굴에 흐르다 갑자기 황금빛으로 터졌다. 네 콧날에 있는 작은 점까지 분명히 보일 정도로 밝은 빛이었다. 나는 두 눈을 크게 떴다. 혹시라도 이 순간을 놓칠까 봐 두려웠기 때문에. 이 순간만은 우리 모두 똑같이 짧은 생을 살아가는 비천한 생명인 것이다. 미래도 과거도 너무 멀리 떨어져 있고, 기억할 수 있는 것은 그저 현재뿐이다. 너는 뜨거운 손가락으로 나의 턱을 받쳐 들더니 입술을 부딪쳐왔다. 나는 온몸이 그대로 굳은 채 이를 악물었지만, 결국은 피하지 않았다. 이찌 되있건, 이 키스는 내가 당연히 얻어야 하는 것이었다.

잠시 후, 너는 고개를 들더니 숨을 들이마셨다. 네 키스가 일반적인 키스에 비해 길었던 것인지 짧았던 것인지조차 나는 알지 못했지만, 입술 사이의 뜨거운 열기는 좀처럼 가시지 않았다.

"어쩐지 내가 나쁜 사람이 된 것 같은데."

너는 자조하듯 웃었다.

하늘에 터지던 불꽃도 모두 꺼지고, 사방은 소리 없이 고요했다.

"어디 좀 더 앉았다 갈까?"

"아니."

나는 잠긴 목소리로 대답했다.

"그래, 그럼 돌아가자."

돌아가는 길에 가느다란 비가 내리기 시작했다. 와이퍼가 흔들리며 도시의 등불을 물기 어린 수채화로 만들고 있었다. 너는 음악을 틀었다. 살짝 잠긴 듯한 푸수(朴樹)의 목소리가 노래하기 시작했다.

어둠 속에서 얼마나 잠들어 있었는지 알지 못하고

얼마나 힘들어야 겨우 눈을 뜨는지도 알지 못해

나는 멀리에서 달려왔고 때마침 너희도 있었지

세상에 매혹되어 돌아가지 못하는 것처럼 나는 그녀를

위해 미쳐버렸네

나는 이 눈부신 순간

하늘가를 가로지르는 찰나의 화염

나는 너를 위해 나의 모든 것을 버리고 왔어

이 불꽃이 꺼지는 순간 영원히 돌아오지 못할 거야

네 손가락이 운전대를 두드리며 박자를 맞추고
있었다. 음악에 맞춰 차는 더욱 속력을 높였고, 나
는 안전벨트를 꽉 잡은 채 얼음처럼 차가운 창에
이마를 대었다. 밤은 너무 길어, 그 짧은 빛만으로
는 결단코 채워지지 않는다.

나는 여기에 있어

여기에 있단 말이야

아름다움은 한순간이라고들 말하지만

여름에 피어난 꽃처럼 찬란하지*

기숙사 앞에 도착했다. 너는 전조등을 껐다. 이 계절에는 여전히 작별을 아쉬워하는 연인들이 많았다. 모두 우산 아래 서로를 끌어안고 있었다. 그러나 저 중 4년 전과 같은 커플은 대체 얼마나 될까.

"사람이 죽기 전에 평생 있었던 일이 눈앞에 지나간다던데. 마치 영화를 보는 것처럼 말이야."

갑자기 네가 말했다.

"그때가 되면 당신도 이 밤을 기억하게 될까? 나는 당신이 기억해주면 좋겠어. 그때는 분명 내가 죽은 지 오랜 후일 테니까."

나는 기억하겠다고 대답했다.

하지만 너는 잊어버릴 거라는 사실을, 나는 알고 있었다.

* 중국의 남자 가수 푸수의 노래, 〈삶은 여름에 피어난 꽃과 같이(生如夏花)〉의 일부분

"잘 자."

네가 말했다.

"좋은 꿈 꾸고."

★

눈 깜빡할 사이에 졸업식 날이 되었다. 그러나 너는 졸업식에 오지 않았다. 들리는 말로는 외국에 갔다고 했다. 외국 어디로 갔는지 아는 사람은 아무도 없었지만.

강당에 장엄한 행진곡이 연주되고, 졸업생 대표가 무대에서 인사말을 했다. 원래 그 자리에 섰어야 하는 사람은 너였고, 졸업생 대표의 인사말도 네가 미리 써놓은 원고를 수정한 것이라고 했다. 너의 전설은 이렇게 사람들에게 호기심을 남기며 역시 전설적인 방식으로 마침표를 찍었다.

나는 졸업 가운을 입고 사람들 사이에 서서, 망연한 눈빛으로 낯선 얼굴들을 둘러보았다. 모두가 입을 움직이며 내가 알아들을 수 없는 말들을 하고 있었다. 이따금 플래시가 터질 때면 모두 각종 포

즈를 취하고 표정을 지으며 정지화면을 만들어냈다. 4년의 세월이 이렇게 흘러가버리는 걸까. 아직 하지 못한 일들이, 그리고 아직 하지 못한 말들이 분명 그렇게나 많은데…. 너의 그 곡이 다시 머릿속에서 맴돌고 있었다. 그래, 〈캐논〉, 어째서 이 순간 그 곡이 떠오르는 걸까. 어째서. 나는 도무지 알 수 없었다. 분명 잊었다고 생각했는데, 어째서 그 기억들이 다시 떠오르는지.

너는 내가 그 곡을 얼마나 많이 들었는지 알지 못할 것이다. 피아노 독주 버전에 바이올린 4중주 버전, 현악기와 관악기, 그 외 각종 악기로 연주한 버전을 모두 들었다. 물론 바이올린과 피아노 합주 버전도 들었지. 그래, 너는 알지 못한다. 내가 강가에서 보이지 않는 바이올린을 몇 년 동안이나 연습했는지. 평생 너와 합주할 기회가 없으리라는 것을 알면서도.

고등학교 3학년이 되었을 때, 어느 선생님 댁에 가서 과외를 받았다. 서재에는 선생님과 학생들이 함께 찍은 사진이 걸려 있었고, 나는 한눈에 너를 알아보았다. 너는 증서를 손에 든 채 먼 곳을 보고 있었다. 사진 속 네 눈빛이 얼마나 반짝이고 있었는지.

"이 아이는 정말 대단한 애야."

선생님이 자랑스럽게 말했다.

"겨우 열다섯 살인데, 베이징 대학에 바오쑹으로 가게 되었다니까."

그때야 나는 처음으로 네 이름을 알게 되었다. 너는 성에서 가장 좋은 학교에 다녔고, 너와 관련한 여러 빛나는 일들이 내가 사는 작은 마을에도 전해지고 있었다. 다만 나는 네 이야기를 자주 들으면서도 너의 이름과 휠체어에 앉아 피아노를 치던 작은 남자아이를 연결시키지 못하고 있을 뿐이었다.

너는 내가 선생님의 그 말 한마디 때문에 이 대학에 왔다는 사실을 알지 못할 것이다. 고등학교 3학년 내내 내가 얼마나 열심히 공부했는지도, 나 홀로 집을 떠나 낯선 북방의 학교에 온 것도… 모를 것이다. 그 모든 것이 단지 너를 다시 한번 보고 싶어서였다는 것도.

대학교 1학년의 나는 바보처럼 너도 신입생 환영 파티에 올 것으로 생각했다. 내가 파티장 구석진 자리에서 얼마나 오래 버티고 있었는지, 그것도 너는 모르겠지. 나는 너와 함께 춤을 추는 꿈을 꾸었는데, 그렇게 낭패스러운 모습으로 네 자전거 앞에서 넘어지고 말았다.

나는 온갖 방법으로 네가 듣는 수업을 알아낸 다음, 그 수업 뒷자리에 앉아 수업을 들었다. 간간이 네가 수업에 들어올 때면 나는 하루 내내 정수리에 신성한 빛을 받기라도 한 것처럼 행복했다.

나는 몰래 너를 팔로우했다. 인터넷 게시판에 네가 올린 모든 게시물을 찾아 읽었지. 네가 참여했던 동아리는 모두 가보았고, 네가 좋아하는 것이라면 무엇이건 나도 시험해보았다. 네가 밴드를 결성했을 때 나는 혼자 학교 근처 학원에 가서 기타 수업을 신청했다. 서툰 손가락으로 딱딱한 기타줄을 튕기고 또 튕긴 끝에, 겨우 손에 굳은살이 한 겹 생겼다. 그리고 그때 네가 밴드를 해산시켰다는 소식이 들려왔지.

너는 알지 못할 것이다. 내가 그래도 그 기타 수업을 끝까지 들었다는 것을. 강사가 나에게는 기타를 연주할 재능이 전혀 없다고 말했는데도.

그래, 너는 알지 못한다. 봄날 운동회가 열릴 때면 내가 뻔뻔스럽게도 너희 과 사람들 사이에 섞여 일을 도왔다는 것을. 단지 너에게 옷을 건네주고 운동화를 건네주기 위해서.

아아, 너는 그 여름날도 기억하지 못할 것이다. 소나기가 쏟아지던 그날, 너는 도서관 문 앞에 서 있었다. 나는 기쁜 마음으로 우산을 빌려왔다. 하지만 함께 우산을 쓰자는 말을 꺼내기도 전에, 너는 겉옷을 벗어 머리에 쓴 채 달려나갔지.

그리고 그 가을날, 너는 매일 밤 우리 기숙사 밖에서 기타를 연주했고 나는 일주일 내내 잠을 이루지 못했다. 그러던 어느 날 저녁, 네가 네 여자친구와 싸웠을 때 그 여학생은 사람들이 보는 앞에서 네 뺨을 때렸지. 그 이후로 너는 다시는 우리 기숙사에 오지 않았고, 나는 그제야 겨우 침대에 쓰러져 하루 낮과 밤을 꼬박 잘 수 있었다.

그리고 너는 또 모를 것이다. 네가 호수에서 스케이트를 탔기 때문에 나도 스케이트를 타러 갔다는 것을. 나는 넘어져 다리가 삐는 바람에 기숙사에서 한 달 내내 누워 있었다.

그래, 너는 그 모든 것을 알지 못할 것이다. 두 달 전의 그 인터뷰를 위해 내가 잠조차 자지 않고 얼마나 많은 자료를 준비했는지. 그날 저녁 네가 떠난 후, 나는 혼자 어두운 교정을 걸으며 어린아이처럼 소리 내어 울었다. 가느다란 비가 내리는 가운데 가로등은 황금빛으로 나를 비춰주었지.

한밤중이 되어 비가 멈추고 풀벌레 우는 소리며 새소리가 드문드문 들려오더니, 점차 끊임없이 들려오기 시작했다. 날이 밝아올 때 나는 천천히 걸어 기숙사로 돌아오며 생각했다. 이 생에 다시는 울지 않겠노라고.

강당을 나서니 되약볕이 내리쬐는 여름날의 맑은 하늘이 펼쳐져 있었다. 커다란 구름은 마치 불이라도 붙은 듯 빛나고 있었고, 나는 그 눈부심에

눈조차 뜰 수 없었다. 기억 속의 청춘은, 그 푸르름과 황금빛 그리고 눈처럼 희고 복숭앗빛을 띠고 있는 그 청춘은. 서늘한 새벽과 우울한 밤들, 달빛 아래 가로등의 그림자와 그 그림자 속의 달빛이 모두 이 눈부신 여름 태양 속에서 점차 빛을 잃어가고 있었다. 나의 청춘은 그렇게 소리 없이 물을 따라 흘러갔다.

흐르는 물에 꽃이 떨어지니, 그대는 하늘에, 나는 인간 세상에.*

나는 고개를 숙인 채 홀로 앞으로 걸어나갔다. 스물두 살의 고요한 여름날이 그렇게 지나가고 있었다.

---

* 이욱(李煜)의 사(詞) 〈낭도사(浪淘沙)〉의 일부분을 변형한 것

3 깊은 밤,
문득 소년 시절을 꿈꾸나니

깊은 밤, 문득 소년 시절을 꿈꾸나니[*]

백거이(白居易)의 서사시 〈비파행(琵琶行)〉의 일부분

8년의 세월이 쏜살같이 지나갔다.

나는 박사 학위를 받고 연구소에서 일하게 되었다. 나는 별다른 변화 없이 연구소와 집을 오가는 단조로운 생활을 하고 있었다. 부모님이 나에게 결혼을 재촉하기 시작했고, 사흘이 멀다고 선을 주선했다. 나는 순순히 낯선 남자들을 만나러 갔다. 나는 테이블에 앉아 남자들의 끝없는 말을 들어주고, 잘 알아들을 수 없는 이야기가 나오면 그저 미소를 짓거나 고개 숙여 앞에 놓인 허브티를 홀짝였다.

언제나 상대방이 먼저 나를 거절했다. 소개해준 사람의 말에 따르면 나는 '너무 답답하고' '개성이 없으며' '성숙한 느낌이 없고 함께 생활할 수 있을 것 같지 않은' 그런 사람이었다. 누군가는 단도직 입적으로 이렇게 말하기도 했다.

"예쁜 것도 아니면서, 무슨 미인인 척을 그렇게 하고 있어!"

나는 한참 당황한 끝에 겨우 그 말이 나오게 된 논리를 이해할 수 있었다. 그러나 그 말에 어떻게 변명해야 할지는 여전히 알 수 없었다.

연애를 한 번 하기는 했다. 아마 스물다섯 살 때 였을 것이다. 그 사람과 2년쯤 만났고, 슬슬 결혼 이야기를 할 때가 되었다고 생각했을 때 갑자기 상 대의 마음이 변했다.

"사람은 생리적으로 누군가를 18개월 이상 사 랑할 수 없는 법이야."

이게 바로 그 사람의 이유였고, 나는 또 한참을 망설이다가 물잔을 그의 얼굴에 끼얹고 자리를 빠 져나왔다.

동창회에 한 번 나간 적도 있었다. 모두 집이나 차를 사는 이야기, 결혼이며 출산과 육아 이야기를 했다. 나는 구석에 앉아 머리를 묻고 음식을 먹는데 집중했다. 나중에 한 여자 동창이 다가와 잔을 부딪치더니, 내 손을 잡고 다정한 목소리로 말했다.

"정말 부럽다, 얘. 너는 어쩜 하나도 안 변한 것 같네."

나는 그 말이 비꼬는 것은 아닌지 의심스러웠지만, 따라 웃지 않을 수 없었다.

나는 혼자 영화를 보는 것을 좋아했다. 특히 고속도로에서 도망치는 내용의 영화를 좋아했는데, 주인공들이 운전하여 광야를 가로지르다가 결국은 맑은 하늘 속으로 사라지는 것을 볼 때면 너무나 기뻤다. 혹여 그들이 그물에 걸려들거나 목숨이라도 잃으면 나는 울음을 터뜨렸다. 나는 〈레옹〉을, 〈델마와 루이스〉를, 〈올리버 스톤의 킬러〉를 보았고, 또 이 장르의 걸작이라고 할 수 있는 〈우리에게 내일은 없다〉도 보았다.

홀로 생활하는 매일은 물처럼 평온하기만 했다.

★

　7월의 어느 날, 나는 차를 몰고 주유소로 들어
갔다. 주유를 끝낸 나는 옆에 있는 자동판매기에서
차가운 오렌지 주스를 사기로 마음을 먹었다. 뜨거
운 여름날, 공기는 마치 휘발유처럼 걸쭉한 느낌이
었다. 여기에 불씨 하나만 떨어뜨려도 바로 타오르
지 않을까…. 나는 자동판매기에 동전을 넣고 버튼
을 몇 번이나 눌렀지만, 주스는 나오지 않았다. 기
계를 흔들고 내리쳐도 마찬가지였다. 어떻게 할까
고민하고 있노라니 갑자기 뒤에서 누군가가 손을
뻗어 자판기를 무겁게 내리쳤다. 오렌지 주스는 순
순히 쿠당탕 소리를 내며 음료 받는 곳으로 떨어
졌다.

　나는 허리 굽혀 음료 캔을 집은 후 뒤를 돌아보
았다. 가벼운 운동화에 기능성 긴 바지, 그리고 하
얀 반팔 셔츠. 여행자의 기본 복장이 보였다. 거대
한 선글라스로 얼굴의 반을 가리고 있는 데다 그나
마 드러난 얼굴도 오후의 눈부신 빛에 가려진 상태

였지만, 나는 한눈에 너를 알아보았다. 너는 여전히 한쪽 손을 자동판매기에 대고 있었고, 네 가슴에서 뿜어져 나오는 뜨거운 열기에 내 얼굴은 그대로 타버릴 것 같았다.

"고마워요."

나는 나지막한 목소리로 말했다.

8년이 지났고, 나는 머리를 단발로 잘랐다. 그러니 너는 더더욱 나를 알아보지 못할 것이다.

너는 고개를 끄덕이더니, 동전을 꺼내 미네랄워터 한 병과 담배 한 갑을 샀다. 우리는 함께 주차장으로 걸어갔다.

"당신 차인가요?"

너는 내 푸른 포르쉐 앞에 발길을 멈췄다.

"네."

"운전이 거칠던데요, 아주."

"어떻게 알았죠?"

"길에서 당신 차를 몇 번이나 봤으니까. 이제야 이 차의 주인을 보게 되었군요. 여자분이실 거라고는 생각하지 못했습니다."

"놀리지 말아요. 이제 막 면허를 땄거든요."

"막 면허를 땄는데 포르쉐를 몬다고요? 잠깐, 차가 새 차도 아닌 것 같은데?"

"렌트했어요."

"아?"

너는 고개를 숙이더니 선글라스 틈으로 나를 살펴보았다.

"어쩌다 포르쉐를 렌트할 생각을 했어요?"

"시험해보고 싶었거든요. 내가 얼마나 빨리 달릴 수 있는지."

"그래요? 재미있네요. 방금까지 속력을 얼마나 냈는지 알기나 해요?"

"뭐예요, 당신, 설마 경찰은 아니겠죠?"

네 입매가 살며시 올라가더니, 선글라스 뒤 두 눈을 빛냈다. 나에게는 더 이상 익숙할 수 없는 반짝거림이었다.

"어디로 가는 중입니까?"

나는 지명을 하나 댔다.

"아, 목적지가 나와 같네요."

너는 고개를 끄덕였다.

"그럼 이만. 아마 길에서 또 볼 수도 있겠군요."

나는 차 안으로 들어와 시동을 걸고 에어컨을 켜서 주변의 작열하는 열기를 몰아냈다. 너는 개조한 포드 머스탱을 타고 내 앞을 지나갔다. 그래, 영화 속 영웅들과 도망자들은 모두 저런 차를 사랑하지.

"날이 더우니 조심해서 운전해요!"

너는 차창을 내리고 나에게 웃는 얼굴로 말했다.

그날 밤 나는 너를 다시 만났다. 너는 작은 식당 창가 자리에 앉아 혼자 술잔을 기울이다가, 내가 지나가는 것을 보고 잔을 들어 보였다.

나는 식당으로 들어가 네 건너편에 앉았다. 식당 안에는 손님이 많은 편이었다. 이렇게 후텁지근한 여름밤에, 사람들은 대체 어디서 와서 어디로 가는 것일까. 모두 시끌벅적 기분이 좋아 보였다.

"종일 운전하니 피곤하죠?"

너는 담배를 물고 불을 붙이며 내게 물었다.

"그럭저럭 버틸 만해요."

"식사는? 아직이면 같이 드시겠습니까?"

"좋아요."

너는 식당 직원에게 음식을 주문하고 1인분의 그릇과 수저도 더 가져다달라고 했다. 창밖이 어두워지고 있었다. 나는 탁자 하나를 사이에 두고 너를 바라보았다. 네가 선글라스를 벗자 피곤해 지친 얼굴이 드러났다. 두 볼이 깊숙이 내려앉은 모습은 금방 마흔 살이라도 된 듯 나이 들어 보였다. 아마 다른 사람을 데려오면, 모두 너를 알아보지 못할 것이다.

너는 메뉴판을 내려놓고 물었다.

"담배 태우십니까?"

"아뇨, 피우지 않아요."

"술은?"

"역시 못해요."

"설마 아직 미성년인 것은 아니겠죠."

나는 미소 지으며 고개를 저었다. 비록 아직도 동그스름하니 아기 같은 얼굴이지만, 나는 지난달에 서른 살 생일을 보냈다.

"혼자 여행 중인가요?"

"그래요."

"멋있군요."

"당신도 혼자 여행 중이잖아요?"

"저 말입니까?"

너는 담배 연기를 내뿜으며 대답했다.

"저는 당신과 다릅니다."

"포드 머스탱 멋있던데요. 당신 차인가요?"

"그런 셈이죠. 차를 좋아하나 보죠?"

"관심이 좀 있는 정도예요."

곧 식사가 나왔다. 피망과 옥수수를 함께 볶은 칭자오차오위미, 집에서 흔히 해 먹는 두부 요리인 자창더우푸, 삶은 삼겹살을 웍에 볶은 후이궈러우펜, 대파와 양고기를 함께 볶아낸 충바오양러우, 그리고 동과와 고기완자를 넣어 끓인 둥과완쯔탕까지, 음식 맛은 생각 외로 괜찮았다. 너는 언제나처럼 말없이 음식을 깨끗하게 먹어 치웠다. 그뿐 아니라 공깃밥도 몇 그릇이나 먹었다. 아귀가 세상에 다시 태어난다면 이런 모습이겠지.

"몇 년 동안이나 이런 음식을 못 먹었거든요."

네가 말했다.

"당신도 많이 먹어요. 밖에 나오면 꼭 배부르게 먹어야 해요. 배부르게 먹어야 놀 기운도 생기니까."

너는 자신도 모르는 사이에 나를 어린애 취급을 하고 있었다.

나도 배가 고팠지만, 음식이 넘어가지 않았다. 종일 차를 몰았더니 위가 계속 뒤집히고 있었기 때문이었다.

계산할 때, 너는 일부러 반쯤 비어 있는 맥주병을 팔로 쳤다. 나는 무심결에 손을 뻗어 병이 바닥에 떨어지기 전에 잡아 다시 테이블에 올려놓았다. 너는 그런 나를 보지 못한 척했지만, 네 눈에는 칼날같이 날카로운 빛이 스쳐 갔다. 곁에 있던 식당 직원은 아무 눈치도 채지 못하고 계산서를 내밀었고, 너는 계산서를 흘깃 바라보았다.

"계산이 틀렸는데. 분명 98위안이어야 하는데, 7위안이나 더했어. 가서 다시 계산해오는 게 좋겠군."

나는 바늘방석에 앉은 것처럼 안절부절못하고

있었다.

밖으로 나오니 밤바람이 얼굴로 훅 끼쳐왔다. 축축한 습기를 담은 바람이었다. 네가 물었다.

"밤에는 어디에서 묵을 생각입니까?"

나는 미리 인터넷으로 예약한 모텔의 이름을 댔다.

"괜찮아 보이는데요. 나도 거기로 가야겠습니다. 분명 빈방이 있겠지요."

우리는 함께 차를 몰고 달려갔다. 마을이 크지 않았기 때문에 곧 도착할 수 있었다. 내가 선택한 모텔은 보잘것없는 체인 모텔이었지만, 그래도 이 근처에서는 제일 격식을 갖춘 곳이었다. 너는 차에서 내려 프런트에 빈방이 있는지 물었고, 직원은 모텔이 이미 꽉 찼다고 답했다.

네가 난처한 표정을 짓기 전에 내가 담백한 목소리로 말했다.

"괜찮으면 나랑 같이 들어가요. 어쨌든 트윈룸이니까."

너는 꽤 흥미롭다는 표정으로 나를 훑어보았고,

나는 일부러 신경 쓰지 않는 척 숙박 카드를 기재하고 열쇠를 받아 계단을 올라갔다. 잠시 후 너도 나를 따라왔고, 우리 두 사람의 발소리가 긴 복도를 따라 울려 퍼졌다.

나는 방에 들어가자마자 짐을 내려놓고, 세면도구와 깨끗한 옷을 꺼냈다. 뜨거운 태양 아래 하루 내내 달렸더니 온몸은 온통 끈적한 땀투성이였다.

"먼저 좀 씻을게요."

"그러십시오."

너는 다시 재떨이를 찾아 담뱃불을 붙였다.

수도를 틀자 갑자기 욕실 바닥에 선홍빛이 몇 점 떨어지더니 뜨거운 물에 섞여 꽃 모양으로 퍼져나갔다. 나는 재빨리 고개를 뒤로 젖히고, 비릿하고 따뜻한 액체를 꿀꺽 삼켰다.

구역질, 어지럼증, 이명, 부정맥. 나는 거울에 맺힌 수증기를 닦고 나 자신을 자세히 들여다보았다. 눈에는 온통 핏발이 서 있었고 안색은 귀신처럼 창백했다. 앞으로 얼마나 더 버틸 수 있을까? 알 수 없는 일이었다. 욕실 밖에서는 희미하게 텔레비전 소리가 들려왔다.

머리를 말린 후 욕실을 나왔다. 너는 상반신을 벗은 채 담배를 피우며 텔레비전을 보고 있었다. 무슨 선을 보는 듯한 프로그램이었는데, 꽤 재미있는지 너는 계속 웃고 있었다.

"다 씻었습니까?"

"네, 씻으실래요?"

"물론이죠."

너는 담배를 눌러 끄고 일어났다. 방이 아주 작았기 때문에, 우리는 방 중앙에서 마주치고 말았다. 불이 켜져 있지 않은 방, 텔레비전에서 흘러나오는 희푸른 빛이 네 얼굴이며 몸을 비춰주고 있었다. 네 콧날에 있었던 검은 점은 이미 보이지 않았다. 아마 시술로 빼버렸겠지. 이렇게 보니 너는 더욱더 낯설어 보였다. 네 몸에 내게 익숙한 부분은 얼마나 남아 있을까?

"내가 당신을 만난 적 있나요?"

네가 갑자기 쉰 듯한 목소리로 물었다.

"당신 생각은 어때요?"

"아마 본 적이 있는 것 같습니다. 하지만 나는 기억력이 좋지 못한 편이죠."

"나도 기억나지 않아요."

"어쩌면 만난 적이 없을지도 모르고요."

"아마 만난 적이 없을 거예요."

너는 웃으며 욕실로 들어갔다. 네 피부의 작열하는 기운을 공기 중에 남기고. 네 어깨에는 문신이 하나 있었는데, 어두운 방 안에서는 똑똑히 보이지 않았다.

네가 샤워하는 틈을 타서 나는 재빨리 내 짐을 검사했다. 아니나 다를까, 누군가가 손을 댄 흔적이 있었다. 그러나 너는 아무것도 발견하지 못했을 것이다. 나는 이미 이런 일을 대비하고 있었으니까. 전문 훈련을 받은 경찰이라 해도 아마 내 허점을 발견하지는 못할 것이다. 나도 으레 그러듯 네 짐을 살피고 다시 신속하게 원래의 형태대로 되돌려놓았다. 원래 여자들이 이런 일에는 남자들보다 능하니까, 너는 분명 눈치채지 못할 거야.

너는 씻고 나온 다음 다시 잠시 텔레비전을 보

왔다. 네 얼굴에 어느새 피로한 기색이 어려 있었다. 나는 리모컨을 들어 텔레비전을 껐고, 방은 어두운 적막에 빠져들었다.

"잘 자요. 좋은 꿈 꾸고."

나는 나지막한 목소리로 속삭였다.

너는 잠결에 대답하며 이불 속으로 파고들었다.

★

새벽 4시, 나는 잠에서 깨어났다. 침대에 일어나 앉으니 너의 고른 숨소리가 들려왔다. 나는 살며시 침대 아래로 내려온 다음, 베개 아래에서 무거운 플란넬 주머니와 깨끗한 수건을 하나 꺼내 맨발로 방문을 나섰다.

복도에는 아무도 보이지 않았다. 나는 복도 끝까지 걸어간 다음, 안전문 표시가 있는 작은 문을 열었다. 계단을 따라 쭉 올라가노라니 무겁고 썩은 냄새가 올라오고 쥐가 뛰어다니는 소리도 간간이 들려왔다. 나는 옥상으로 올라가 문을 열고 나갔다. 밤이 슬머시 물러가는 가운데 멀리 삭은 불빛

몇 개만이 드문드문한 별빛과 섞여 보였다. 하늘에 구름이 있는 모양이었다.

　나는 주머니에 든 물건을 꺼냈다. 언뜻 보기에는 일반 블루투스 스피커와 별 차이 없어 보이는 물건으로, 크기는 살짝 크고 무게는 훨씬 무거웠다. 내가 실험실에서 훔쳐낸 부품으로 개조한 것이었다. 기술이 아직 완벽하지는 않았지만, 기본적으로 내가 원하는 기능은 구현되어 있었다. 음파를 통해 생체 전류를 만들어 대뇌에 잘못된 정보를 보내 생체 시계를 짧게나마 빠르게 혹은 느리게 돌리는 것이었다. 사실 무슨 신기술이라 할 것은 아니었다. 2차 세계대전 중 나치들이 비슷한 실험을 했고, 심지어 지금 백화점이나 레스토랑 등에서 사용하는 배경음악도 결국은 같은 원리니까. 다만 그 방법들은 모두 너무 조악해서, 아주 정밀한 스위스산 시계를 두들겨 패는 어리석은 방법으로 조정해 보려고 하는 것이나 마찬가지였다.

　8년 동안 나는 시종일관 이 과제에 매달려왔다. 사실 대뇌는 정말 악기와 비슷하다. 그 독특한 소리를 경청할 참을성만 있다면, 그 악기와 어떻게 대화를 해야 할지 알 수 있다. 마치 바이올린마다 각기 다른 공명 주파수가 있고, 걸출한 장인이라면 바이올린의 몸체 위에 현을 어떻게 미세하게 조정해야 그 소리를 변화시킬 수 있는지 아는 것처럼 말이다.

실험실에서 나는 작은 쥐들의 뇌파를 기록했다. 먼저 프로그램을 이용해 적당한 파형과 주파수를 찾아낸 다음, 아주 낮은 음량으로 그들의 뇌에 직접 들리게 해주었다. 효과는 예상외로 뚜렷했다. 쥐들이 미로를 빠져나오는 속도가 대조군보다 3배에서 4배 이상 빨랐다. 그러나 동시에 퇴화 속도도 무척 빨라, 30시간에서 40시간 후면 바로 원래의 상태로 되돌아갔다. 그보다 최악이었던 것은, 속도를 높였던 쥐들 대부분이 1주일 안에 급사했다는 것이었다. 살아남았다 해도 미친다거나 혹은 실명한다거나 하는 각종 후유증에 시달렸다. 해부해보았지만 별다른 원인을 찾을 수 없었고, 그저 대뇌에 경미한 충혈 증상만이 발견될 뿐이었다. 아직 이 문제는 별다른 해결책을 찾지 못하고 있었다.

나는 이어폰을 끼고 재생 버튼을 눌렀다. 음악 소리가 마치 하늘에서 들려오듯 아련하게 들려왔다. 기계 안에는 내가 직접 녹음해 넣은 파형이 들어 있었다. 소리 없이 기복을 이루는 파형, 마치 달빛 아래 춤을 추는 백사처럼, 묘지 속에서 죽은 이의 입술 위로 자라나는 넝쿨처럼, 그렇게 굽이굽이 흘러가는 파형. 나는 가속 버튼을 눌렀다. 2배, 3배, 4배. 음악 소리는 점차 난잡하게 높아져 갔다.

어둠 속에서 얼마나 잠들어 있었는지 알지 못하고
얼마나 힘들어야 겨우 눈을 뜨는지도 알지 못해
나는 멀리에서 달려왔고 때마침 너희도 있었지
세상에 매혹되어 돌아가지 못하는 것처럼 나는 그녀를
위해 미쳐버렸네

나는 이 눈부신 순간

하늘가를 가로지르는 찰나의 화염

나는 너를 위해 나의 모든 것을 버리고 왔어

이 불꽃이 꺼지는 순간 영원히 돌아오지 못할 거야

눈앞에 온갖 빛과 그림자가 어지러이 춤을 추고 있었다. 이것은 빈사 상태에서나 체험할 수 있는 무엇이었다. 시작도 끝도 없는, 영원히 다시 태어날 수 없는 무간지옥에 빠져드는 경험, 영혼이 육신을 벗어나 외롭게 이 지옥 속에서 표류하고 있었다.

나는 여기에 있어

여기에 있단 말이야

아름다움은 한순간이라고들 말하지만

여름에 피어난 꽃처럼 찬란하지

최초의 1초는 1년처럼 길게 느껴진다. 대다수의 실험 대상들은 이 1초를 견디지 못하고 무너져 내렸다. 이 1초를 견뎌내면 그래도 그다음부터는 나아지는 편이었다.

그다음 1초는 3개월처럼 느껴졌다.

그다음은 1주일.

그리고 그다음은 하루.

그리고 1시간.

그다음에는 1분.

마침내 안정되었다. 나는 나 자신을 대략 4배 가속했다.

음악이 멈추자 나는 눈을 떴다. 나는 곤죽이 되어 거친 시멘트 바닥에 쓰러져 있었다. 입에 악물고 있던 수건은 입과 코에서 흘러내린 피로 이미 붉게 물들어 있었다.

꼼짝도 할 수 없어서 나는 그대로 조용히 누운 채 하늘을 바라보았다. 지금 내 눈앞의 세상은 조금 전과 달라져 있었다. 멀리서 들려오는 자동차 소리는 아주 느릿느릿 길게 들렸고, 그 외에도 각종 나지막한 울림이 고막을 긁어대고 있었다. 아마 일반적인 사람이라면 들을 수 없는 초저음파일 것이다. 하늘의 빛깔은 그다지 변화가 없었다. 이 정도 가속으로는 빛의 파장에서 뚜렷한 변화를 느낄 수 없었다.

나는 천천히 몸의 변화를 느껴보았다. 지금 혈액 순환은 물론이고 심장의 박동, 생체 전기가 세포막을 통과하는 속도 모두 4배로 빨라진 상태였다. 팔과 다리도 마음대로 제어할 수 없었고, 근육 하나하나 신경 하나하나 모두 지리멸렬 부서진 것만 같은 상태였다. 나는 계속 그렇게 바닥에 쓰러진 채 이를 악물고 심호흡을 했다. 어떻게든 정신을 집중해 지금 상태에 적응해야 했다.

하나, 둘, 셋, 넷….

"저, 저기… 여기서 뭘 하고 계신…."

심장이 갑자기 멈추는 것 같았다. 간신히 고개를 들어보니, 오, 신이여, 감사합니다. 나에게 말을 건 사람은 네가 아니라 경비복을 입은 젊은이였다. 경비원은 안전 통로 문가에 서서 놀란 표정으로 나를 바라보고 있었다.

"그러니까 한밤중에, 옥상에서 무엇을…."

나는 경비원이 더듬거리는 말을 듣고 재빨리 대

책을 생각했다. 경비원의 손은 지금 무전기가 꽂혀 있는 허리로 향하고 있었다. 만약 당직 매니저를 불러오거나 하면 일은 귀찮아질 것이다. 한밤중에 옥상에서 이런 꼴로 있는 것은 아무리 생각해도 수상해 보이니까. 만약 경찰에 신고하기라도 하면 더더욱 큰일이다. 자, 경비원을 기절시킬까? 그러나 곧 발견되고 말 것이다. 게다가 복도에는 CCTV가 있으니, 아무리 속도를 높여도 방으로 돌아갈 때 분명 영상에 찍히고 말 것이다. CCTV 화면은 프레임 단위로 분석 가능하니…. 어찌 되었건 지금 귀찮은 일을 만들어서는 안 될 일이었다.

경비원이 무전기를 천천히 입가로 들어 올렸다.

"잠이 안 와서요."

내가 갑자기 말했다.

"네…?"

경비원은 조금 당황한 것처럼 보였다.

"불면증이에요."

나는 간신히 미소를 짜냈다.

"울적한 일이 좀 있어서 혼자 있을 곳을 찾고

싶었어요."

경비원은 반신반의하는 듯한 눈빛으로 나를 훑어보았고, 나는 핏자국이 있는 수건을 몸 뒤로 감췄다.

"불면증, 겪어봤어요?"

"저는….."

"하룻밤 내내 침대에 누워 계속 그 사람을 생각하는 거죠. 눈을 떴다, 감았다, 하면서. 아무리 애를 써도 잠이 오지 않아요. 그래서 여기 나올 수밖에 없었어요. 높은 데서 이 도시 전체를 좀 보고 싶었거든요."

나는 그 자리에 그대로 앉아 경비원을 바라보았다. 어느새 내 눈에서는 눈물이 흘러내리고 있었다. 내가 이렇게 연기를 잘할 줄은 미처 몰랐다. 어째서 대학 때 연극 동아리에 들지 않았을까.

경비원의 시선이 점차 변했다. 가까이에서 보니 정말로 젊어 보였다.

"됐습니다. 이만… 돌아가세요."

마침내 경비원이 입을 열었다.

"앞으로는 이러지… 마시고요. 이런 곳은… 위험하니까."

나는 안도의 한숨을 내쉬며 바닥에 떨어뜨린 물건을 주워들었다. 방으로 돌아오는 도중, 나는 공공 화장실에 들러 차가운 물로 얼굴을 씻고 더러워진 수건을 쓰레기통에 버렸다.

방으로 돌아와 열쇠로 문을 열었다. 그리고 조금씩 손잡이를 돌려 문을 열고 안으로 들어갔다. 문을 닫는 순간, 갑자기 등 뒤에서 바람 소리가 들렸다. 뭔가 잘못되었다는 것을 알았을 때는 이미 늦은 다음이었다.

너는 표범처럼 빠르게 내게 덤비더니 한 손으로 내 입을 막고 다른 한 손으로는 내 손을 등 뒤로 잡았다. 너는 나를 침대에 가볍게 밀쳤고, 곧 얼음처럼 차가운 금속성의 무엇인가를 내 목에 가져다 댔다. 칼이었다. 나는 베개에 얼굴을 눌린 채 숨도 제대로 쉬지 못하고 있었다.

"소리 내지 마."

너는 가라앉은 목소리로 말했다.

"그러지 않으면 쥐도 새도 모르게 여기서 죽게될 테니까."

물론, 내가 여기서 죽는다고 해도 사람들은 누가 나를 죽였는지 알지 못하겠지. 우리는 우연히 만났고, 모텔 프런트에도 네 이름은 남기지 않았으니까.

"방금 어디 갔었지?"

심장이 쿵쿵 뛰고 있었다. 얼굴이 붉게 달아오르고 온몸의 모든 모공에서 차가운 땀이 배어 나왔다.

"어서 말해!"

칼끝이 실린 힘이 더욱 강해졌다.

"경찰에 신고하지 않았어!"

나는 잔뜩 쉰 목소리로 속삭였다.

"휴대폰도 놓고 갔었는걸!"

'경찰'이라는 단어를 내뱉은 순간 나는 바로 후회했다. 하필 이 순간 그 단어를 말하다니. 그래, 나는 결국 이렇게 멍청하다니까.

잠시 침묵하던 네가 내 귓가에 대고 속삭였다.

"어디 갔었는지 물었어. 솔직하게 말해."

뜨거운 호흡이 얼굴에 와 닿았다. 피부의 모든 부분이 너의 살의를 느끼고 있었다. 나는 사나운 야수에게 걸린 무고한 희생물과도 같은 처지였다. 네가 살짝만 힘을 더하면, 곧 생명이 없는 고깃덩 어리로 변해버릴 것이다.

나는 가쁘게 숨을 몰아쉬며 손끝으로 베개 아 래 차갑고 단단한 것을 어루만졌다. 그리고 가볍게 소리를 내 너의 신경을 분산시킨 후, 번개처럼 그 것을 꺼내 너를 겨눴다. 그것은 바로 총이었다. 그 래, 너의 총. 어제 내가 샤워하는 틈을 타서 네가 침대 아래에 몰래 숨겨두었던 총. 하지만 내가 다 시 발견했었지.

"하?"

너는 잠시 당황한 듯했으나, 예상과 다르게 뒤 이어 웃기 시작했다.

"안전장치 푸는 법은 알아?"

나는 덜컥 소리가 나도록 안전장치를 잡아당겼 다. 두 손은 점차 떨리지 않게 되었다. 사격 동아리에는 단 두 번 가보았을 뿐이지만, 겉핥기나마 총 쏘는 법을 익히기에는 충분했었다.

너는 천천히 칼을 버리고 두 손을 머리 위로 들었다. 네 입매는 여전히 위로 살짝 올라가 있었다. 이 순간에 미소라니, 정말이지 표준적인 도망자의 모습이야.

"넌 누구지?"

너는 또렷한 목소리로 물었다.

나는 심호흡을 한 다음 탄창을 빼내 비운 후 다시 담아 너에게 건넸다. 노랗고 묵직한 총알이 침대 위에 가득 떨어져 어둠 속에서 반짝이기 시작했다. 이렇게 하는 데 3초도 채 걸리지 않았다.

"당신과 동류인 사람."

내가 대답했다.

너는 총을 받아들었다. 너의 눈이 다시 빛을 발하기 시작했다.

★

　날이 밝지 않았지만 우리는 출발하기로 했다. 짐을 차 안에 던져 넣고, 우리는 문가 계단에 나란히 앉아 미네랄워터와 과자 한 봉지를 나눠 먹었다. 이른 아침 공기에는 마침내 서늘한 기운이 어리고, 동쪽 하늘에 반투명하고 희푸른 빛깔이 떠올라 있었다.

　자리에서 일어설 때야 어젯밤 옥상의 경비원이 유령처럼 홀에 나타난 것을 발견했다. 나는 유리문을 사이에 두고 경비원에게 말없이 미소 지었다. 경비원은 마치 너무 복잡한 연극이라도 본 것처럼 무표정한 얼굴이었다. 새벽의 햇빛 아래 경비원은 정말이지 무척 젊어 보였다. 어쩌면 스무 살도 채 되지 않았을지도 모르겠다. 그것만은 너무나 부러웠다.

　우리는 각자의 차에 올라탄 다음 시동을 걸고 태양이 떠오르는 방향을 향해 출발했다. 포르쉐와 머스탱은 마치 한 쌍의 새처럼 서로 붙은 채 도로를 질주했다. 오늘도 아주 먼 길을 가야 했다.

푸른 논밭을 지나자 너른 벌판이 나왔다. 구름 뒤에서 빛나던 태양이 다시 모습을 드러냈다. 속이 메스껍고 어지러웠지만, 나는 여전히 너를 쫓아가며 점차 속도를 높였다. 오후의 도로에는 열기가 파도처럼 피어올랐고, 때때로 작은 벌레가 창에 부딪쳐 소리 없이 청록색 얼룩을 몇 개 남겼다. 중간에 휴식을 취할 때 나는 창에 생수를 뿌리고 와이퍼를 켜서 그 얼룩을 지웠다. 물기는 빠르게 말랐고, 뜻밖에도 그 얼룩은 아직도 희미하게 남아 있었다. 마치 미련하고 융통성이라고는 없는 원혼들처럼.

너는 멀리 차 안에 앉아 그런 내 모습을 바라보고 있었다. 선글라스로 얼굴을 가리고 있었기 때문에 너의 표정은 보이지 않았다.

저녁 무렵 우리는 마침내 목적지에 도착했다. 외지고 조용한 남방의 작은 마을, 너와 내가 자란 그곳이었다. 너는 차를 몰고 마을 동쪽에 있는 산으로 올라가더니, 산 중턱에 있는 묘지로 들어갔다. 이런 계절에 성묘 오는 사람은 없었고, 사방에서 바람이 불어왔다. 울창한 송백은 곧게 뻗어 있고, 산 아래는 바로 마을이었다. 작은 거리며 집들이 마치 장난감처럼 보였다. 그리고 마을 서쪽으로는 석양 아래 강이 조용히 흐르고 있었다.

너는 제수를 들고 풀숲을 따라 푸른 돌을 깔아둔 길을 걸어 올라가, 마침내 새하얀 묘비 앞에 멈춰 섰다. 나는 속으로 묘비 위 낯선 이름을 되뇌어 보았다.

"우리 어머니야."

네가 말했다.

"이번 달 초에 돌아가셨어. 심근경색이셨지. 매우 급작스러운 일이었어."

묘비에는 도자기 타일에 구워 넣은 사진이 박혀 있었다. 가늘고 긴 목에 우아하게 뒤로 넘긴 머리, 그리고 귀에 걸린 작은 진주 귀걸이…. 기억 속 모습보다는 나이가 들어 보였지만, 여전히 감동적인 미인이었다.

"어머니를 뵈러 온 거야?"

"응, 고향을 떠난 지 여러 해거든. 그동안 계속 돌아오지 않았는데…. 결국 이런 식으로 돌아오게 될 줄은 생각하지 못했지."

나는 한참 후에야 겨우 말했다.

"어머니께서… 무척 아름다우시네."

"부모님은 내가 어렸을 때 이혼하셨어. 그 후로 어머니께서 홀로 나를 키우셨지. 꼭 소설의 시작 부분 같지?"

너는 웃음소리를 냈다.

"어머니는 피아노 강습으로 돈을 버셨고, 계속 재혼은 하지 않으셨어. 예전에 어떤 남자가 어머니께 구혼한 적이 있었는데, 외지에서 사업하는 남자였지. 돈이 상당히 많았고…. 하지만 나는 어머니가 그 남자와 함께 있는 것이 싫어 계속 난리를 피웠어. 그때 나는 정말 제멋대로였거든."

"그다음엔 어떻게 되었어?"

"어떻게 할 방법이 없을 정도로 난동을 피웠더니 어머니께서 나를 욕실에 가둬두고 몰래 그 남자를 만나러 가셨어. 나는 어머니께서 신경을 쓰지 못하는 틈을 타서 창문에서 뛰어내렸고, 다리 하나가 부러졌지. 3층이었거든. 그 후로 집에서 석 달을 누워 있어야 했는데 정말 답답해 죽을 지경이었어. 하지만 결국 그 후로 어머니는 재혼 이야기를 다시는 꺼내지 않으셨지."

"그때가 몇 살이었어?"

"여섯 살인가 일곱 살인가. 아마 그 정도였을 거야. 나는 어릴 때도 착한 아이가 아니었거든."

"일곱 살 때의 일을 그렇게 잘 기억하면서, 기억력이 나쁘다고 하는 거야?"

너는 선글라스를 벗어 두 눈을 문질렀다. 얼굴에 떠오른 표정은 여전히 평온했다.

"사람은 일평생 몇 가지 일만은 죽을 때까지 기억하는 법이야. 다른 잊어야 할 기억들은 모두 잊어버리고."

나는 한참 침묵한 후 대답했다.

"네 말이 옳아."

"너는?"

너는 다시 담배를 꺼냈다.

"내 이야기를 전부 했잖아. 하지만 나는 너에 대해 전혀 모르는걸."

"별로 할 만한 이야기가 없으니까."

"너에게도 분명 재미있는 이야기가 있을 텐데. 우리 같은 사람에게 할 만한 이야기가 없는 건 불가능한 일이지."

"나는 아주 보통이니까. 다음에 생각나면 말해줄게."

"좋아, 내가 기억해둔다. 도망칠 생각은 하지 마."

이번에는 네가 정말로 기억할 수 있다면 좋을 텐데.

너는 담배 한 대를 피운 다음, 가져온 지전을 틴 케이스에 넣고 불을 붙였다. 그리고 마지막으로 100연발 폭죽을 터뜨렸다. 기름 먹인 붉은 종이가 석양 속에서 피처럼 굳어졌다.

"조심해."

너는 나에게 경고하며 폭죽을 아직 꺼지지 않은 불꽃 속으로 던져 넣었다.

폭죽이 디지는 소리가 연달아 울렸다. 나는 네

등 뒤로 숨어 두 손으로 귀를 꽉 막았다.

어릴 때부터 나는 폭죽을 무서워했다. 그 음울한 소리가 고막을 자극하면, 마치 아주 먼 곳에서 들려오는 것처럼 들렸기 때문이었다.

"무서워하지 마."

너는 몸으로 나를 막아주며 말했다.

"어째서 이렇게 겁이 많은 거야?"

너는 물론 여전히 아무것도 두렵지 않겠지.

폭죽이 모두 터진 후 사방이 다시 고요해졌다. 폭죽 소리의 메아리만이 귀 안에 계속 남아 있을 뿐이었다. 너는 묘비를 향해 허리를 깊이 세 번 숙였다. 나도 곁에서 똑같이 따라 했다.

"갈게요, 엄마."

너는 나지막한 목소리로 말했다.

"이제 다시는 오지 못할 거예요. 엄마, 편안히… 지내세요."

★

우리는 산을 내려온 다음, 숲가에 차를 세웠다.

"이제 어디로 가지?"

내가 물었다.

"마을을 둘러보고 싶어."

나 역시 같은 생각이었다.

저녁 무렵 하늘은 여전히 쾌청했다. 깃털처럼 가벼워 보이는 실구름 아래, 우리는 어깨를 나란히 하고 걷기 시작했다. 같은 걸음걸이, 같은 속도, 우리의 발소리마저 겹쳐지고 있었다. 우리의 발걸음이 닿는 곳마다 너는 자신도 모르게 뭔가 설명하기 시작했다.

"이 거리에 예전에 떡집이 하나 있었는데, 아주 오래된 집이었어. 지금은 분명 다른 곳으로 옮겼겠지.

이 나무, 아주 높지? 어렸을 때 항상 이 위로 올라가 먼 곳을 바라보곤 했어. 강 건너편까지 보였지.

여기 오래된 우물이 하나 있어. 물이 아주 차가

운데, 어릴 때는 모두 이 안에 귀신이 살고 있다고
들 말했어.

여기가 내가 예전에 살았던 곳이야.

여기는 마을 유치원. 어릴 때 나는 유치원에 가
는 걸 싫어했어. 다른 아이들이 모두 나랑 놀지 않
으려 했고, 선생님들도 나를 싫어했거든. 내가 너
무 장난기가 심하다고.

여기 만화 대여점이 있었어. 나는 가끔 하루에
서른 권도 빌려보곤 했지.

여기는 초등학교야. 나는 초등학교에 다니지 않
았어. 집에서 좀 공부하다가 바로 성에 있는 중학
교로 진학했거든.

이곳은 소년궁이야. 어머니께서는 예전에 여기
서 피아노를 가르치셨어."

깨닫지 못하는 사이, 우리는 마을을 거의 다 돌
아보고 있었다.

내가 말했다.

"이곳은 정말 조용한 곳이네."

네가 대답했다.

"응, 시간이 특별히 느리게 흐르는 것 같은 곳이지."

우리는 다리를 건너 비탈길 꼭대기에서 발걸음을 멈췄다. 멀리 강물이 빛을 받아 반짝이고 있었다. 20년 전과 똑같이, 전혀 변하지 않고.

네가 말했다.

"이 비탈은….'

잠시 침묵한 후, 너는 다시 소리 없이 웃으며 내게 말했다.

"자, 강가로 가자."

석양이 강 건너편으로 천천히 내려앉으며 우리의 그림자를 등 뒤로 길게 늘어뜨렸다. 똑같이 길고 가느다란 두 개의 그림자. 나는 우리가 온 길을 돌아보고 다시 앞을 바라보았다. 모든 것이 기억 속의 그날과 똑같았다. 오로지 너만이 내 곁에서 마치 환각인 양 빛을 발하고 있었다.

강물 흐르는 소리가 들려오고, 강가의 풀들은 바람에 가볍게 흔들리고 있었다. 우리는 나란히 풀숲에 앉았다. 너는 다시 담배를 꺼내 불을 붙였다.

네가 내뿜는 담배 연기도 황금빛으로 물들어 빛을 거슬러 피어오르고 있었다.

어디선가 길고양이 울음이 들려왔다.

"이 강을 좋아했어?"

내가 물었다.

"글쎄, 가끔은 좋아했고 또 가끔은 너무 봐서 질린다는 느낌을 받기도 했고. 또 가끔은… 뭐라 표현하기 어려운 기분이 들기도 했어. 강은 언제나 저렇게 흘러가버리잖아. 몇 년이 지나도 계속 저렇게 말이야. 네가 여기 왔다가 가버리더라도, 강에게는 그게 아무것도 아닌 거고. 강은 그저 자신의 흐름대로 흐를 뿐이고, 눈 깜빡할 사이에 너를 잊어버리겠지."

"마치 시간처럼."

"그래, 시간처럼."

너는 고개를 끄덕였다.

"너는 영원히 같은 물에 두 번째로 들어갈 수 없는 거지."

"심지어 첫 번째도 힘들 수 있고."

태양이 마침내 강물 속으로 사라졌다. 하늘을 가득 채운 황금빛 구름이 한 올 한 올 흩어지고 있었다.

★

날이 어두워진 후 우리는 마을로 돌아와 대충 아무 식당에나 들어갔다. 너는 생선을 고르며 흥분하여 나에게 이것저것 추천했다.

강물로 살아 있는 생선을 끓이니 하얀 생선 살이 몹시도 신선하고 달았다. 생선을 끓인 탕은 우유처럼 농밀했고, 위에는 푸른 파를 잘게 썰어 띄워두었다.

"옛날 맛 그대로네!"

너는 아주 만족스러운 모양이었다.

나는 문득 생각했다. 이 생선이 예전에는 어떤 맛이었는지 잘 기억이 나지 않는다고.

술과 밥을 배불리 먹은 다음, 우리는 다시 모텔을 찾아 투숙했다. 방은 아주 좁았지만, 창을 통해 소년궁을 볼 수 있었다. 새까만 어둠 속 소년궁은 어딘가 몽롱하게 보였다. 희미하게 밝혀진 창 하나만이 마치 외로운 별처럼 그 자리를 지키고 있을 뿐이었다.

나는 창가에 앉아 팔짱을 낀 채 소년궁을 응시했다. 너는 샤워를 끝내고 나와 수건으로 머리의 물방울을 털어냈다. 나는 너에게 그 창을 가리켰다. 밤바람 사이로 익숙한 선율이 흐느끼듯 들려왔다.

"아직도 누가 연습 중인가 보지?"

너는 웃으며 차가운 맥주캔을 땄다.

그 창은 바로 피아노 교실이 있던 곳이었다.

"어릴 때 저곳에 다닌 적 없어?"

내 목소리는 살짝 떨리고 있었다.

"늘 가지는 않았지."

네가 대답했다.

"나는 저곳을 좀 싫어했거든. 학부모들이 잔뜩, 애를 데려오잖아. 그리고 능청을 떨며 이걸 배워라 저걸 배워라 하는데, 그 전에 일단 애에게 정말 그걸 배우고 싶은지 물어는 봤냐고."

"피아노를 배운 적은 있어?"

"아니, 없어. 흥미도 없었고. 정말 배우고 싶었다면 어렵지는 않았겠지. 하지만 배우고 싶지 않았어. 지금 와서 생각하면 아마 일종의 반항심 때문이었던 것 같아."

"한 곡도 칠 줄 몰라?"

"간단한 거라면 칠 수 있겠지만. 뭐, 다 잊었다고 봐야지."

나는 가슴이 아픈 나머지 거의 질식할 것 같았다. 나는 네 손에 들린 맥주를 빼앗아 목을 젖히고 그대로 입안에 쏟아부었다. 차갑고 쌉쌀한 거품이 혀를 타고 흐르며 목구멍 깊은 곳에서 올라오는 피비린내를 잠시나마 눌러주었다.

"왜 그래, 취하고 싶기라도 한 거야?"

너는 웃기 시작했디.

나는 다시 한 모금 마신 다음, 창밖을 바라보았다. 아이들이 환호성을 지르고 명랑하게 웃으며 거리를 뛰어가고 있었다.

너는 그 이상 아무 말도 하지 않고 말없이 내

곁에 와서 섰다.

맥주 한 캔이 위장으로 흘러 들어가니 세상이 몽롱하게 변했다. 마치 얇은 비단으로 두 눈을 가린 것 같은 기분이었다.

"다 마셨어?"

나는 고개를 끄덕였다.

너는 내게서 빈 캔을 빼앗아 창밖으로 던져버리고, 뜨거운 손가락으로 내 손목을 잡았다. 그리고 나를 사납게 벽에 내리누르며 키스했다.

창밖에서 사람들의 시끌벅적한 소리가 들려오더니 뜻밖에도 폭죽이 현란하게 터졌다. 한 번 또 한 번, 불꽃이 어둠 속에서 피어나는 가운데 화려한 빛과 음영이 너울너울 빛바랜 벽 위로 쏟아져들어왔다. 나는 혹여 놓치면 잃어버리기라도 할 것처럼 너의 어깨를 꽉 끌어안았다. 과거도 미래도 모두 존재하지 않아. 오로지 지금 이 순간만이 영원히 존재하는 거야.

아니면 지금 이 순간이야말로 환각인지도 모르지.

너의 피부는 작열하듯 뜨거웠고, 입술은 타는 듯했다. 너는 선홍빛 폭죽을 쏘듯 탁탁 소리 내어 몸을 불태워왔다. 나는 머리끝부터 발끝까지 온몸을, 오장육부와 골수와 치아, 경맥과 피를 모두 바쳐 너의 리듬에 맞췄다. 어둠 속에 빛이 흐르고 음악이 들려왔다. 너는 검지로 희고 검은 건반을 연주하고, 나는 보이지 않는 바이올린을 품에 안은 채 기나긴 시간에 걸쳐 점차 같은 주파수를 찾아갔다. 그리하여 우리는 마침내 금슬화명(琴瑟和鳴)*의 순간을 맞았다.

✦

　밤이 깊었다. 너는 내 가슴에 머리를 파묻은 채 중얼거렸다.

　"너는 참 조용한 성격인가 봐."

　나는 어떻게 대답해야 할지 몰라 그저 이렇게 말하는 수밖에 없었다.

---

*　거문고와 비파가 서로에게 응해 조화롭게 운다는 뜻

"조용하면 좋지 않아?"

"좋지, 아주 좋아. 하지만 나는 고요함에는 익숙하지 않아."

너는 웃으며 말했다.

"주변이 고요해지면, 시간이 유달리 길게 느껴지거든."

"시간이 길게 느껴지면 또 어때서?"

"너는 아직 젊으니까, 우리 같은 사람들의 생명이 얼마나 빨리 타버리는지 모르는 거야. 우리는 꼭 불꽃처럼 한순간에 타버리고 말거든. 하늘 위로 날아오르지 못하면 그저 땅 밑에 묻힌 채 조용히 죽음을 기다릴 수밖에 없어. 그래서 나는 조용히 지낼 수가 없지."

나는 네가 했던 말을 기억해냈다. 죽을 때 너를 기억해달라고 했었지. 그때 너는 이미 죽은 지 오래일 테니까.

"무서워하지 마."

나는 너의 머리카락을 쓸어주었다.

"그리 쉽게 죽지는 않을 테니까."

빨라도 좋고 늦어도 좋다. 시간이 길어도 좋고 짧아도 좋은 것이다. 우리 중 그 누구인들 죽음을 향해 가고 있지 않단 말인가.

"나에게 언제 말해줄 거야?"

네 숨소리가 점차 느려져 갔다.

"무엇을?"

"네 이야기를."

"그렇게 듣고 싶어?"

"점점 더 궁금해지는걸."

"내일 이야기해줄게. 가는 길 내내 시간이 아주 많을 테니까."

내가 대답했다.

"오늘은 좀 지쳤어."

"그래, 그럼 잘 자."

너는 내 이마에 입을 맞췄다.

"좋은 꿈 꾸고."

새벽 4시, 나는 다시 잠에서 깨어났다. 최근 며칠 동안 매우 일찍 잠에서 깼고, 한번 깨어나면 다시 잠들 수 없었다.

너는 여전히 내 곁에 있었다. 희미한 어둠 속, 너의 눈썹이며 속눈썹, 콧날과 입술이 모두 뚜렷하게 보였다. 너는 결코 환각이 아니었다. 나는 수년 전, 네가 책상에 엎드려 자던 모습을 기억해냈다. 그때 나는 시간이 그대로 멈추기를 기도했었지. 그 순간 후에 또 이런 순간이 오리라고는 알지 못하고.

어쩌면 극본 속에 이미 쓰여 있었던 것은 아닐까. 그렇지 않다면 어찌 이리 많은 복선과 서스펜스가, 장면의 전환과 우연의 일치가 존재할 수 있을까.

잠시 후 네가 눈을 떴다. 너무나 많은 빛이 네 눈에 어려 있었고, 나는 견디지 못할 것 같아 시선을 돌렸다.

"꿈을 꾸었어."

너는 여전히 졸음이 묻어나오는 목소리로 말했다.

"어떤 꿈이었어?"

"기억나지 않아. 아주 길고, 또 복잡한 꿈이었어."

너는 손을 내밀어 눈을 가렸다.

"이런 감각이 싫어. 꿈이 너무 진짜 같아서, 깨어나면 정말 견디기가 힘들어. 마치 다른 세계에서 한

번 죽었던 것 같은 그런 기분이야."

"어쩌면 전생의 기억을 꿈에서 본 것일지도 몰라."

"전생이 아니라, 어린 시절 같아."

너는 중얼거렸다.

"꿈속에서 나는 아주 어린 시절부터 너를 알고 지냈어. 우리는 함께 이곳에서 자랐지. 같이 수업을 빼먹고, 같이 장난을 치고, 또 같이 집을 떠나 먼 곳으로 갔어…. 함께, 서로 날개를 가지런히 하고 나는 새들처럼 서로 아껴주면서 그렇게 세상 끝까지 떠돌았지. 그리고 늙은 다음에도 함께 손을 잡고 석양 속을 거닐었어. 마지막에는 같은 침대에 누워 함께 죽었지. 우리 중 누구도 먼저 가려 하지 않았고, 또 누구도 뒤처지지 않았어…."

가슴이 미어져 왔다. 그건 분명 나의 꿈이었다. 어째서 너는 나의 꿈마저 훔쳐 가는 거지?

"정말로 좀 더 일찍 너를 만났다면 좋았을 거야. 계속 이렇게 외로울 필요 없이."

너는 탄식하듯 말했다.

"하지만 세상이 이리 넓은데, 나와 주파수가 맞

는 사람을 찾아내는 것만으로도 억만 분의 1의 확률이겠지. 아무리 늦게 만났다 해도, 그래도 만나지 못했던 것보다는 좋은 거잖아. 그렇지?"

늦더라도 지나치는 것보다는 좋다.

그래, 그래서 나는 목숨을 걸고 너와 다시 만났지.

희미한 빛이 네 어깨 위로 흐르고 있었다. 나는 손끝으로 매끄러운 피부를 어루만졌다.

"이건 뭐야?"

"응?"

"타투."

"아, 무엇으로 보여?"

"잘 모르겠어. 검은 덩어리처럼 보이는데."

"고래야."

"고래?"

"고래 타투를 본 적 없어?"

"한 번도 본 적 없어."

"뉴욕에 있는 작은 가게에서 받은 거야. 그쪽 사람들은 어떤 무늬건 모두 그려주더라고. 타투를 해본 적 있어?"

"아니."

"그래, 넌 착한 아가씨니까."

너는 소리 내어 웃었다.

"다음에 함께 타투를 받으러 가자. 같은 고래를 새기는 거야."

"나는 필요 없어. 그보다는 네 몸에 하나 더 받는 게 좋을 것 같아."

그렇게 하면 그들도 외롭지 않을 테니까.

기나긴 밤은 천천히 흘러갔고, 나는 네 배에서 나는 소리를 들었다.

"배고파?"

"조금. 너도 배고프지?"

너는 웃으며 말했다.

"가방에 과자 남은 게 있나?"

"오는 길에 다 먹어 치웠어. 내가 나가서 뭐든 좀 사 올게."

"지금? 한밤중에 어디 가서 뭘 사려고?"

"24시간 여는 곳이 있을지도 모르잖아. 어제 길

에서 한 곳 본 것 같은걸."

"그래? 나는 보지 못했는데. 역시 오랫동안 돌아오지 않았더니 이 마을도 많이 변한 모양이야."

"여하튼 나가서 찾아봐야겠어."

나는 일어나 옷을 입기 시작했다.

"같이 가자."

"그럴 필요 없어. 너는 좀 더 자도록 해. 날이 밝으면 또 먼 길을 가야 하니까."

너는 눈을 가늘게 뜨고 나를 바라보더니 갑자기 싱긋 웃으며 내 머리를 흐트러트렸다.

"바보같이⋯. 아직 어두우니까 길을 잃지 않도록 조심해야 해."

★

나는 혼자 문밖으로 나왔다. 밤바람 속에 희미하게 치자꽃의 달큰한 향기가 풍겨왔다. 건물 아래로 내려와 뒤를 돌아보니 수많은 검은 창들이 커튼을 낮게 드리우고 있었다. 너는 그 커튼 뒤에서 다시 잠을 자고 있겠지. 마치 아이처럼, 꿈속에서는 태양 아래를 달려 끝없는 태고의 천지로 향하고 있을 거야…. 만약 내가 너의 꿈속으로 들어갈 수 있다면 얼마나 좋을까. 짧디짧은 하룻밤 속에서 너와 함께 한평생을 지내며, 그래, 그리고 다시 깨어나지 않을 수 있다면.

인생이란 꿈처럼 덧없는 것, 소위 평생이라 하는 것은 그저 눈을 한 번 감았다 뜨는 사이의 환각에 지나지 않는 것이다.

★

기억대로라면 이 마을에 분명 24시간 운영하는 식당이 있었다. 닭 육수를 넣은 만두인 지즈탕바오와 쇠고기와 당면을 넣어 끓인 뉴러우펀쓰탕을 팔았던 것 같은데…. 다만 그 식당이 아직 있을지는 확신할 수 없었다. 운전을 하고 싶지 않았기 때문에 걷는 것을 선택했다. 긴 오솔길을 따라 내 발걸음 소리가 들려왔다. 시계를 보며 계산해보니 지금 나의 속도는 눈에 띄게 느려져 있었다. 아마 날이 밝기 전에 다시 한번 속도를 높여야 할 것이다. 이런 일은 마치 마약과도 같아서, 횟수가 거듭될수록 효과가 줄어들기 마련이었다. 그러나 또한 점점 더 그만두려 해도 그만둘 수 없게 되어버린다. 언제라도 쓰러져 죽을 수 있다는 것을 알면서도 도저히 그만둘 수 없는 것이다.

식당 근처에 도착해보니, 역시 아직 불이 켜져 있었다. 식당 안은 텅 비어 있었다. 나는 카운터로 가서 메뉴판을 들고 살펴보기 시작했다. 그때 등 뒤에서 벨이 울리더니 누군가가 들어와 내 곁에 섰다. 나도 모르게 고개를 들어보니, 중간 정도의 키에 어두운색 티셔츠를 입고 그 위로 색이 바랜 체크무늬 셔츠를 걸친 남자가 보였다. 희끗희끗한 머리를 아주 짧게 잘라서일까, 남자는 아주 날렵하고 예리한 느낌이었다.

남자가 나를 바라보았을 때, 나도 바로 알아보았다.

"린 아저씨!"

"그래, 원아."

린 아저씨는 웃으면서도 한숨을 내쉬었다.

"역시 너였구나."

"여기 어쩐 일이세요?"

나는 무척 놀란 상태였다. 이 마을에서 린 아저씨를 보지 못한 지 이미 여러 해가 지난 다음이었으니까.

"말하자면 길단다."

린 아저씨는 눈을 가늘게 뜨고 말했다.

"원아, 여기 잠시 앉아라. 우리 해야 할 이야기가 있단다."

마음속에서 경보음이 울리기 시작했다. 그렇다. 린 아저씨는 경찰이었다.

우리는 창가 자리에 앉았다. 슬쩍 주변을 둘러보니, 방금까지만 해도 카운터 뒤에서 졸고 있던 식당 직원 둘은 이미 보이지 않았다. 창밖으로는 길모퉁이에 조용히 서 있는 사람이 두엇 보였다. 아무래도 오는 내내 미행을 당하면서도 눈치채지 못한 모양이었다. 아아, 정말이지 나는 구제불능이었다.

린 아저씨는 영화 속 경찰들이 대부분 그러듯

이 테이블 위 재떨이를 잡아끌더니 담뱃불을 붙였다. 나는 고개 숙인 채 아무 말 없이 테이블 아래 치맛자락을 꽉 잡고 있었다.

"언제 돌아온 거니?"

린 아저씨가 물었다.

"어제 막 도착했어요."

"그렇구나. 부모님은 뵈었니?"

"부모님은 몇 년 전에 시내로 이사 가셨어요."

"그래, 그럼…. 어쩌다 돌아올 생각을 다 했지?"

나는 린 아저씨가 무엇을 물어보려 하는지 알고 있었다. 하지만 일단 잡담을 이어가는 편이 나았다. 나의 뇌는 빠르게 돌아가고 있었다. 사실과 허구를 끄집어내어 조합하고, 배열하고, 또 선별하여 짜 맞추고.

"저는 그저… 돌아오고 싶어서…."

"그래, 다른 이유는 없고?"

"예."

린 아저씨는 한참 침묵했다. 도넛 같은 담배 연기가 한 번 또 한 번 공기 속으로 올라갔다.

"혼자 돌아오지 않았더구나. 그렇지?"

마침내 린 아저씨가 침묵을 깨고 물었다.

"저는⋯."

"이 사람과 함께 왔어."

아저씨는 침착하게 고개를 끄덕이며 군더더기 하나 없는 동작으로 사진 한 장을 꺼내 내 앞에 내려놓았다. 고개를 숙인 순간, 사진 속 차가운 별처럼 빛나는 네 눈동자와 눈이 마주쳤다. 내 가슴에 다시 종과 북이 함께 울리는 듯한 기분이 들었다.

"이 사람이 누군데요?"

나는 당황스러운 표정으로 물었다.

"누구일까?"

"우리는⋯ 대학 동창이에요⋯."

나는 우물거렸다.

"이 친구도 이 마을 출신이고요. 길에서 우연히 만났는데⋯."

"언제 만났지?"

"그저께요."

"그전에는 서로 연락이 없었고?"

"네, 이 친구는 대학을 졸업한 후 바로 외국으로 갔어요. 그 후로 만나지 못했는걸요."

"그럼 너는⋯."

린 아저씨가 일순간 목소리를 낮추더니, 다시 말했다.

"너희는 아주 친밀한 관계 같아 보이더구나."

나는 두 뺨을 붉게 물들였다. 언제라도 그대로 녹아 없어질 것처럼.

"그게⋯ 제 첫사랑이라⋯."

나는 아주 작은 목소리로 속삭였다.

"대학 때 잠시 사귀었거든요. 하지만 굉장히 빨리 헤어졌고요. 그때는 젊어서, 세상 물정도 잘 몰랐고요."

린 아저씨는 살짝 고개를 끄덕였다. 너는 대학에 다니던 시절 아주 많은 여자친구를 사귀었으니, 아무리 경찰이라도 하나하나 다 조사하지는 못했을 것이다.

"그래서 이번에 이 친구가 돌아온 다음, 길에서 우연히 만난 게냐?"

"네."

나는 머뭇거리며 고개를 들었다.

"그… 대체 무슨 일이 있었던 건가요?"

린 아저씨는 한참 침묵하더니, 거의 다 피운 담배를 비벼 껐다.

"너와는 아무 상관 없는 일이다만, 사정이 이리 된 이상 네가 협조해주어야겠다. 원아, 나는 너를 어릴 때부터 봐왔으니 너를 속이고 싶지 않구나. 그리고 네가 다른 사람에게 속는 것도 보고 싶지 않아."

그리고 린 아저씨는 최근 수년 동안 너한테 일어난 일을 나에게 말해주었다.

대학 4학년이었던 그해 그 5월, 너는 깊은 밤 순환도로를 질주하다가 무단횡단하던 행인을 치었다. 행인은 그 자리에서 즉사했고, 검시 결과 그 행인을 친 차의 속도는 시속 250킬로미터가 넘었을 것으로 판명되었다.

원래대로라면 그 사건은 온전히 너만의 책임은 아니었어야 했다. 그 행인은 당시 술에 취해 있었으니까. 그러나 과속했다는 사실은 숨길 수 없었다. 차가 그렇게 과속하지 않았다면 공중으로 날아간 행인의 시신이 그렇게까지 심각한 모습이 되어 있지 않았을 테니까.

네가 그날 밤 무슨 일을 했는지 아는 사람은 없었다. 네가 부끄러워했는지, 혹은 괴로워했는지. 혹시 자수할 생각은 해보았는지…. 그리고 나는 네가 법의 판결보다 감옥에서 여생을 보낼 것을 더욱 두려워했으리라 생각한다. 그러한 삶은 너에게 있어 살아도 죽느니만 못한 것일 테니까. 그래서 너는 결국 도망치기로 했다. 다행이었던 것은 근처에 전혀 목격자가 없어서, 다음 날 아침에야 청소차가 시신을 발견하고 경찰에 신고했다는 점이었다.

경찰은 전력을 기울여 이 참사를 추적했고, 여론도 계속 시끄러웠다. 수사 범위가 점차 축소되었는데, 폭주 기록이 있는 청소년들이 주로 용의자 명단에 올랐다. 그중 대부분은 부유하거나 권력이 있는 집안 출신이었다. 그리고 너는 조만간 용의자 명단에 오를 예정이었다. 고급 스포츠카의 구매 기록을 추적해 나가면 사람을 치어 죽인 그 자동차를 확정할 수 있었을 테니까. 그러나 이 조사는 필경 여러 사람과 관련이 있었기 때문에 각종 방해를 받아야만 했다. 너는 그 틈을 타서 출국수속을 밟았다. 너는 한참 전에 미국 명문대의 입학 허가를 받아놓고 있었기에 모든 것은 순조로웠고, 아무 의심도 사지 않았다.

린 아저씨는 네가 외국에서 어떻게 생활했는가는 말해주지 않았다. 그러나 나는 다소간 알고 있었다. 너는 페이스북 계정을 하나 갖고 있었는데, 아이디는 'lonely whale', 고독한 고래였다. 그 계정을 처음 본 순간, 나는 그 계정의 주인이 너라는 사실을 직감할 수 있었다. 너는 네 사진은 거의 올리지 않고 대부분 풍경 사진이나 음식 사진을 올렸다. 간혹 일상의 자질구레한 사건에 대한 글도 올렸는데, 나는 수없이 많은 밤을 홀로 컴퓨터 앞에 앉아 그 짧은 편린들을 짜맞춰보았다. 너의 일상을 조금씩 알아가며 나는 위험의 냄새를 맡았다. 자세한 사정이야 알 수 없지만, 해외에서의 삶은 분명

편하지 않았을 것이다. 그리고 나는 알 수 있었다. 이 세계의 각종 규칙이 너를 얕은 시내처럼 가로막을 때, 너는 가볍게 그 시내를 뛰어넘었을 것이다. 사실 오래 전 학교 방송국에서 나와 너의 새 스포츠카를 보았을 때 나는 이미 예감했었다. 네 모친이 피아노를 가르쳐 번 돈으로 그런 스포츠카를 살 수 있을 리 만무하니까.

그리고 그 총. 네 침대 매트리스 아래 숨겨져 있던 차갑고 무거운 권총. 마침내 나의 모든 의심이 사실로 드러났다.

아아, 얼마나 바보 같았던가. 너의 눈이 부신 빛에 현혹되어 네 등 뒤의 검은 그림자를 전혀 눈치채지 못하다니.

며칠 전 밤에 너는 페이스북에 상태 메시지를 올렸다. 고향에 다녀오겠다는 내용이었다. 몇 글자 되지 않는 그 메시지가 모든 이야기의 방향을 다시 되돌려놓았다. 나는 컴퓨터를 끄고 짐을 챙겼다. 휴가를 내고 고양이와 강아지를 부탁한 후 긴 머리를 잘라냈다. 또 은행에 가서 돈을 찾고 차도 렌트했다. 그리고 마지막으로 새벽에 홀로 아파트 옥상에 올라가 이어폰을 꼈다. 가속 버튼을 누르고 나의 박자를 빠르게 조절했다.

불 속으로 뛰어드는 불나방처럼, 나는 목숨을 걸고 너를 만나러 가는 거야.

어지러움, 이명, 호흡곤란이 시작되었다. 눈물이 테이블 위로 뚝뚝 떨어졌다.

린 아저씨는 한숨을 쉬더니 냅킨을 건넸다.

"모텔로는 돌아갈 수 없다. 우리는 이미 밤새 기다리고 있었어. 우린 여기서 꼭 녀석을 잡을 거란다. 지금까지 손을 쓰지 못한 것은 그 녀석이 너를 인질로 삼을까 봐 두려워서였지. 여기 있으면 우리가 너를 안전하게 지켜줄 거다. 무서워할 필요 없다."

나는 이를 악물고 등을 곧게 폈지만, 몸 안에서 터져 나오는 울음을 도저히 가라앉힐 수 없었다. 그 억울한 어린아이는 언제나 혼자 몰래 울고 있었어. 그래서 너는 단 한 번도… 그 아이의 눈물을 볼 기회가 없었지.

"울지 말거라, 착하지."

린 아저씨가 느릿한 어조로 나를 위로하며 어깨를 두드려주었다.

그러나 나는 도저히 울음을 멈출 수 없었다.

★

갑자기 음악이 들려왔다. 피아노와 바이올린이 합주하는 〈캐논〉, 내 휴대폰 벨소리였다.

나는 휴대폰을 집어 들었다. 네가 모텔에서 걸어온 전화였다.

"쉿, 잠깐. 마음을 가라앉히고 받거라."

린 아저씨가 두 손으로 내 어깨를 내리눌렀다.

"의심을 사는 말을 해서는 안 된다."

나는 눈물을 닦고 숨을 고른 후, 평소의 목소리를 되찾았다. 이 전화는 받지 않을 수 없는 전화였다.

"여보세요."

"여보세요, 나야."

휴대폰 저편에서 네 목소리가 들려왔다.

"어째서 모텔 전화로 전화를 건 거야?"

"난 휴대폰이 없거든."

네가 슬며시 웃으며 말했다.

"다행히도 너는 휴대폰이 있지만."

"잠은 잘 잤어? 또 무슨 꿈을 꾸진 않았고?"

"응, 또 아주 긴 꿈을 꾸었어. 네가 돌아오면 이야기해줄게. 지금 어디 있어?"

"작은 식당을 하나 찾았어. 이것저것 많이 파는데, 먹고 싶은 걸 말해봐. 사다줄게."

린 아저씨가 감탄하는 듯한 눈빛을 보이더니 재빨리 냅킨에 몇 글자 적었다.

'방에서 기다리라고 해라.'

"으응."

너는 마치 아이가 애교를 부리듯 콧소리를 길게 냈다. 나는 한 손으로 수화기를 막고, 나지막하게 속삭였다.

"빨리 도망가."

나는 아주 빠르게 이 외진 마을의 사투리를 사용해 말했다. 린 아저씨는 원래 북방 사람이고 이 마을을 떠난 지 오래이기 때문에, 내가 하는 말은 아마 너만이 알아들을 수 있을 것이다.

휴대폰 속 너는 잠시 당황한 기색이었다. 그러나 보통 사람에게 이 '잠시'란 거의 존재하지 않는 것이나 마찬가지인 시간이었다.

"어서 말해, 배고프다 했잖아."

나는 일부러 말을 길게 늘였다.

전화기 속에서 동시에 네 목소리가 들려왔다. 나와 같은 속도, 그리고 나와 같은 방언이었다.

"넌 누구지?"

"거기서 뭘 파는데? 메뉴판 좀 읽어줘봐."

"경찰이야, 도망쳐!"

"잠깐, 읽어볼게. 음, 지즈탕바오, 뉴러우편쓰탕, 아, 팥이랑 감주에 새알심을 넣은 츠더우주냥위안샤오도 있고, 꿀에 조린 대추랑 팥을 댓잎에 싼 미짜오훙더우쫑도 있어. 새우만두로 끓인 셴샤샤오훈툰도 있고, 오향을 넣은 찻물에 계란을 삶은 우샹차지단도 있네. 아, 주문하면 바로 콩을 갈아 즙을 내주는 더우장도 있어. 더우장 마실래?"

"어디 있는 거야? 무슨 일이 있었던 거지? 경찰이 너에게 무슨 말을 했어? 너에게 무슨 일이라도 저지른 건 아니지?"

"다 맛있을 것 같은데? 뭐든 갖고 다니기 편한 거로 골라 사와. 이쪽 스낵을 먹어본 지 몇 년은 된 것 같아."

"나는 괜찮으니까, 어서 도망쳐."

"알겠어. 방에서 기다려. 금방 돌아갈게."

나는 전화를 끊었다.

린 아저씨는 눈을 가늘게 뜨고 나를 바라보았다. 이런 조잡한 연기가 아저씨의 눈과 귀를 속일 수 있을까? 나는 전혀 자신이 없었다.

한참 후 린 아저씨는 다시 담배 한 대를 꺼내 입에 물고 불을 붙였다.

"힘들었지?"

아저씨가 잠긴 목소리로 말했다.

"일이 끝나면 집으로 데려다주마."

벽에 걸린 시계가 째깍째깍 움직이고 있었다. 4시 45분, 시간이 유달리 느리게 변했다. 갑자기 테이블 위 무전기가 울렸고, 린 아저씨가 무전기를 받았다. 나는 잡음이 섞인 무전기 소리를 분명하게 들을 수 있었다.

"현장은 정리가 끝났습니다…. 저격수도 자리 잡았습니다."

심장이 칼로 베이는 것 같았다.

"그 사람을 어떻게 잡을 생각이세요?"

"제일 좋은 건 그자가 무기를 버리고 순순히 투항하는 거지만…."

린 아저씨가 담배를 깊게 빨아들였다.

"이 녀석은 아주 약삭빠르거든. 꼭 쥐새끼처럼 말이다. 미국 경찰도 몇 번이나 잡을 뻔했다가 실패했어. 하지만 이번에는 절대로 놓치지 않을 거다. 어젯밤 모텔에 있던 사람들은 모두 물러나게 했다. 지금 모텔 건물 전체에 그 녀석 하나만 남아 있어. 주변에는 모두 우리 팀이고. 이번에는 날개가 있다 해도 도망칠 수 없을 게다."

아하, 그래서 내가 밖으로 나와 돌아보았을 때, 모텔의 모든 창에 불빛이 없었던 거였다. 좀 더 일찍 알아차렸더라면 얼마나 좋았을까.

"저를 미끼로 쓰세요. 그 사람을 속여 나오게 할게요."

나는 나지막한 목소리로 애걸했다.

"안 된다, 너무 위험해!"

린 아저씨가 미간을 찌푸렸다.

"이게 무슨 영화인 줄 아니? 착하게 여기 있거라. 아무 데도 가지 말고."

그때 무전기가 다시 한번 울렸다.

"모든 준비가 끝났습니다. 언제라도 행동을 개시할 수 있습니다!"

"저격수가 목표를 똑바로 조준할 수 있나? 날이 좀 더 밝아야 하지 않을까?"

짧고도 긴 침묵이 흘렀다.

"저격수가 괜찮다고 합니다."

"좋아, 그럼 시작해!"

나는 이제 숨조차 쉴 수 없었다.

"A조는 이미 모텔 안으로 진입했습니다. 아무 이상 없습니다!"

"이미 모든 통로와 출입구를 봉쇄했습니다. 아무 이상 없습니다!"

"방문 앞에 도착했습니다!"

"문을 부숴라!"

린 아저씨가 명령했다.

쿵, 굉음이 들려왔고 나는 놀란 나머지 그 자리에서 펄쩍 뛸 뻔했다.

"방이 비어 있습니다!"

"뭐라고!"

다시 잠깐 침묵이 흘렀다.

"수색을 완료했습니다. 목표는 실종 상태입니다!"

"개새끼!"

린 아저씨는 이를 갈며 외쳤다. 목에는 푸른 정맥이 불룩 솟아 있었다.

긴 침묵 끝에 나는 몸을 일으키며 말했다.

"화장실 좀 다녀올게요."

린 아저씨는 창가에 서서 다급하게 무전기로 통화를 계속하며 나에게 고개를 끄덕였다.

나는 숄더백을 들고 빠져나왔다.

화장실 안은 어두웠고, 희미하게 소독액 냄새가 났다. 나는 칸막이 안으로 들어가 숄더백에서 플란넬 주머니를 꺼냈다. 이어폰을 끼고 음악을 튼 다음, 가속 버튼을 눌렀다. 푸수의 노랫소리가 들려오기 시작했다. 2배, 4배, 8배.

이 얼마나 아름답고 유감스러운 세계인가
우리는 이렇게 끌어안고 웃고 눈물을 흘리지
나는 먼 곳에서 너를 만나러 왔어
세상에 매혹되어 돌아가지 못하는 것처럼 나는 그녀를 위해 미쳐버렸네

나는 이 눈부신 순간
하늘가를 가로지르는 찰나의 화염
나는 너를 위해 나의 모든 것을 버리고 왔어
이 불꽃이 꺼지는 순간 영원히 돌아오지 못할 거야

나의 불꽃은 꺼질 것이다. 나는 죽을 것이고, 이 순간에 음과 양을 달리해 다시는 이 인간 세상으로

돌아오지 못할 것이다.

다만 이 순간에도 나는 아직 죽을 수 없었다. 어찌 되었건 나는 이곳을 빠져나가 너를 다시 한번 보아야 했다.

나의 여정은 헛되지 않아

헛되지 않고말고

아름다움은 한순간이라고들 말하지만

너의 눈앞에 피어 있어

두 눈을 떴을 때 바닥은 온통 암갈색의 끈적한 액체로 가득했다. 시큼하고 썩은 듯한 비린내가 풍겨오는 것이, 내가 뭘 토해냈는지 나도 모를 지경이었다.

린 아저씨가 밖에서 문을 두드렸다. 아저씨의 목소리는 마치 망가진 카세트테이프처럼 느리게 들렸다.

"원아… 괜찮니? 원아…."

나는 재빨리 차가운 물로 얼굴을 씻고 물건을

챙긴 다음, 문을 열었다.

"너, 무슨…."

린 아저씨의 긴장한 표정은 이상할 정도로 굳어 있어서 어딘가 우스운 느낌이 들었다. 격렬하고 진지한 경찰이 나오는 영화를 8배 느리게 보면, 아마 이런 효과가 나겠지.

"전 괜찮아요. 그냥 속이 좀 불편할 뿐이에요."

나는 최대한 느리게 말했지만, 큰 소리로 웃고 싶어 견딜 수 없었다. 지금 내 얼굴은 분명 제정신이 아닌 것처럼 보일 것이다.

나는 천천히 린 아저씨를 따라 자리로 돌아왔다. 주변 모든 것들이 마치 렌즈에 의해 비틀려 변형된 것처럼 기묘하게 보였다. 머리가 어지러워 견딜 수 없었고, 시야도 흐릿했다. 그러나 지금 나를 막을 수 있는 이는 아무도 없었다.

나는 천천히 주변을 둘러보았다. 멀지 않은 곳에 경찰차가 한 대 서 있었는데, 대충 문에서 100미터 정도 떨어진 것처럼 보였다. 열쇠는 분명 린 아저씨가 갖고 있을 것이다. 아저씨를 기절시키고 열쇠와 총을 빼앗은 다음 문을 나가 차에 타는 거야. 시동을 걸고 출발하면…. 그래, 10초면 충분할 것이다. 린 아저씨를 인질로 삼는 것은 별 의미가 없을 것이고, 오히려 속도만 늦추는 꼴이 될 것이다. 그리고 나는 아저씨를 다치게 하고 싶지는 않았다.

계획은 이미 결정되었다. 나는 탁자 위의 간장병을 들고 일어서려다가 잠시 생각한 후 다시 자리에 앉았다. 나는 냅킨에 '죄송합니다.'라고 쓴 다음, 아저씨 앞에 펼쳐놓았다. 냅킨의 글자를 읽은 린 아저씨가 의아한 표정으로 고개를 들었을 때, 나는 비로소 아저씨의 뒤로 돌아가 가볍게 손을 휘둘렀다.

린 아저씨의 무거운 몸이 비틀거리더니, 영화속 느린 화면처럼 쓰러졌다. 나는 허공에서 아저씨를 받쳐 들고 얼굴이 바닥을 향하도록 눕혀놓았다. 목을 쓸어보니 맥은 정상으로 뛰고 있었다. 아저씨의 셔츠에서 총과 열쇠를 빼내 문밖으로 달려 나가려고 했을 때, 갑자기 멀리서 총성이 들렸다.

고개를 들어보니 옅은 아침 햇살 속 거리 끝에 너의 검은 포스 머스탱이 제비처럼 가볍게 도로를 미끄러지고 있었다. 나는 문을 열고 밖으로 나갔다. 너는 살짝 속력을 줄이더니 차 문을 열고 소리쳤다.

"어서!"

나는 그곳에 멍하니 그대로 서 있었다. 포드 머스탱이 서서히 다가오는 순간, 그 완만한 리듬은 너무나 우아하고 아름다웠다. 왕자가 호박마차를 몰고 와서 신데렐라를 무도회에 초청하는 것 같다고 해야 할까.

"왜 그러고 있는 거야! 어서!"

나는 마침내 정신을 차리고 온 힘을 다해 차를 쫓아 달리기 시작했다. 한 걸음, 두 걸음, 세 걸음, 발아래에서는 불길이 이는 것 같았다.

기다려, 기다려줘. 제발. 이번만은, 처음이자 마지막으로. 한 번만 나를 기다려줘….

굳어버린 더위와 먼지를 뚫고, 나는 마침내 너의 그 뜨거운 손을 잡고 몸을 날려 단숨에 차 안으

로 들어갔다. 포드 머스탱이 쏜살같이 달리기 시작
하고도 한참 후에야 뒤에서 사이렌 소리며 총소리
가 들렸다.

"자, 총 받아."

너는 총을 내 손에 쥐여주었다.

"잘 보고 있다가, 누구라도 우리에게 총을 쏘면
너도 쏘도록 해."

"난… 못해…."

나는 금방이라도 터질 듯이 숨을 몰아쉬었다.

"이 상황에서 못할 게 뭐가 있어! 잘 봐!"

너는 왼손으로 핸들을 세게 꺾은 다음 몸을 반
쯤 창밖으로 내밀더니 방아쇠를 당겼다. 뒤에서 쫓
아오던 경찰차가 장난감처럼 천천히 떠오르는가
싶더니, 연기와 먼지를 끌고 빙글빙글 돌다가 마침
내 길 한가운데 비스듬히 멈춰 섰다.

"사람을 다치게 하는 게 싫으면 바퀴를 쏘면 돼!"

너는 다시 총을 나에게 쥐여주었다.

"갖고 있어! 총알은 많으니까, 마음대로 쏴도 돼!"

나는 자신도 모르게 그 총을 꽉 쥐면서, 다른 한

손으로는 너의 팔을 잡았다. 너의 맥박과 체온이 일파만파 나에게로 번져왔다. 두렵지 않아. 지금 나는 너의 세계에 있다. 그러니까 나는 아무것도 두렵지 않아….

우리는 이 세상에서 가장 빠른 두 사람이니까.

네가 어떻게 겹겹의 포위를 벗어났는지, 그것은 지금까지도 수수께끼다. 어쩌면 어린아이들이 게임을 하는 것처럼 하나하나 경찰들의 등 뒤로 돌아가 그들이 돌아보기도 전에 도망쳐버렸는지도 모르지. 처음으로 가속한 후 나도 그런 게임을 시도해보았는데, 이 느릿느릿한 세계에서 우리는 투명인간이나 마찬가지였다. 그 무엇도 우리에게는 방해되지 않았다.

"도망치라고 했는데, 어째서 다시 돌아온 거야?"

"무슨 말을 하는 거야? 내가 어떻게 너를 두고 갈 수 있겠어?"

너는 하얀 이를 악문 채 차갑게 웃었다.

"너를 버려두고 나 혼자 어디로 가라는 거지?"

"원래 혼자 여행하던 중 아니었어?"

"그거야 원래 그랬던 거고! 이제 우리 둘은 같이 있어야 해!"

너의 목소리는 낮게 가라앉아 있었다.

"내가 가는 곳에 너도 가야 하는 거야. 너 혼자 도망칠 생각은 꿈도 꾸지 마!"

어째서일까, 나는 갑자기 큰 소리로 울고 싶어졌다.

함께 이곳을 떠나 먼 곳으로 갈까?

함께 세상 끝까지 방랑하는 거야. 날개를 나란히 하고 나는 새들처럼.

같이 살고, 같이 죽고.

그래, 오늘 아침 네가 꾸었던 꿈처럼.

"어떻게 빠져나갈 생각이야? 경찰이 이렇게 많은데?"

"맡겨둬. 이보다 더 많아도 내가 다 빠져나갈 수 있으니까."

"하지만 도로는… 도로가 봉쇄되었을 텐데….""

"5시 7분에 기차가 지나갈 거야."

네가 나의 말을 잘랐다.

"화물용 기차라 멈추지 않을 거야. 하지만 속력은 줄이겠지. 우리는 철로 부근에서 기다리다가, 열차가 통과할 때 뛰어오르면 돼. 그러면 누구도 우리를 막을 수 없을 거야. 열차는 둥베이행인데, 중간에 서지 않을 거야. 그러니까 어디든 편한 곳에서 뛰어내리면 돼. 우리에 대한 소식이 닿지 않는 곳에서 당분간 머물면 괜찮을 거야. 그 누구도 우리를 찾을 수 없을 거라 보증하지."

나는 그런 너를 멍하니 바라보았다.

"잠깐 위험이 지나가길 기다린 다음, 내가 방법을 생각해내서 너를 데려갈게. 안심해. 세상은 아주 넓으니까. 어디건 우리가 자유롭게 지낼 수 있는 곳은 있어."

자유롭다고?

얼마나 좋을까, 자유로울 수 있다면.

바람처럼 그 무엇에도 구속받지 않고.

구름처럼 정해진 방향 없이.

나는 가슴 앞 안전벨트를 꽉 잡았다. 포드 머스탱은 점차 밝아오는 아침 햇살을 향해 포효하며 질주했고, 등 뒤의 사이렌 소리는 이미 점차 들리지 않게 되었다.

★

우리는 강을 건너 철로 근처에 도착했다. 너는 은밀한 곳을 찾아 차를 세웠다. 차에서 내리니 공기에 해가 떠오르기 전 소슬한 내음이 배여 있었고, 하늘은 투명한 옥돌처럼 보였다. 황량한 철로 주변에는 들풀이 바람에 바스락거리고 멀지 않은 곳에서 희미하게 물 흐르는 소리가 들려왔다.

나는 너와 함께 비탈길을 뛰어내렸다. 우리는 어깨를 나란히 하고 풀숲에 앉았다. 시계를 보니 기차가 오기까지 아직 1분 남아 있었다.

이 1분은 나에게 있어 너무나 길고 또 너무나 짧은 1분이겠지.

"추워?"

네가 내 어깨를 감싸 안았다.

나는 고개를 저었다. 내 피부도 너와 마찬가지로 뜨겁게 타오르고 있었으니까.

"아, 맞아. 먹을 것을 좀 가져왔어."

나는 숄더백에서 구겨진 비닐봉지를 꺼냈다.

"대충 손 가는 대로 댓잎에 싼 밥을 몇 개 집어 왔는데, 아직 따뜻해."

"너도, 진짜⋯."

너는 웃으며 내 머리를 쓰다듬었다.

"서두를 필요 없지. 기차에 올라탄 다음 천천히 먹자. 일단은 넣어둬."

"네가 갖고 있어."

"그래, 그러자."

나는 천천히 네 어깨에 머리를 기댔다. 심장 박동 소리가 귓가에 들려왔다.

"자, 이제 말해줘."

네가 속삭였다.

"무엇을?"

"너는 누구지?"

"정말로 듣고 싶어?"

"당연하지. 설마 계속 숨기려고 했어?"

"그럼, 나에게 한 가지 약속해줘."

"무슨 약속을?"

"담배를 끊어."

"뭐라고?"

"약속하지 않으면 말해주지 않을 거야."

"알겠어. 끊을게."

"이렇게 간단하게 결정해도 되는 거야?"

"내가 그렇게 우물쭈물하는 사람 같아?"

"말한 것은 지키는 사람이지?"

"당연하지. 약속은 꼭 지키는 사람이야."

"알겠어. 기차에 타면 천천히 이야기해줄게."

너는 고개를 끄덕였다. 다시 대화가 끊겼다. 1초 또 1초의 시간이 그리도 길게, 그리고 천천히 흘러 갔다.

나는 가방 속을 더듬어 플란넬 주머니를 찾아, 이어폰을 꺼내 귀에 꽂았다.

"뭘 듣는 거야?"

네가 내게 물었다.

"쉿, 잠깐 아무 말도 하지 마."

나는 너의 손을 살짝 잡았다.

"나는 이 순간을 기억하고 싶어."

재생 버튼을 누르자 익숙한 곡이 들려왔다. 달콤하고 쌉쓸한, 따뜻한 동시에 잔인하고, 타오르듯 뜨거우면서 얼음처럼 차가운 곡이. 순간과 영원을 담은 노래가.

나는 눈을 감았다. 눈물이 흘러내리기 시작했다.

나는 이 눈부신 순간

하늘가를 가로지르는 찰나의 화염

나는 너를 위해 나의 모든 것을 버리고 왔어

이 불꽃이 꺼지는 순간 영원히 돌아오지 못할 거야

눈을 뜨고 너를 바라보았다. 눈물은 얼굴에 얼어붙고, 너는 조각상처럼 조용히 그곳에 앉아 있었다. 너의 눈썹과 너의 속눈썹, 너의 콧날과 너의 입술이 모두 손에 닿을 듯 분명하게 보였다. 너의 손은 나의 손을 잡고, 너의 눈동자는 나의 눈동자를 바라본다. 네가 발하는 빛은 이 순간에, 나의 몸에 응집되고 있었다. 나는 아무 데도 가지 않아. 그저

이 먼지로 뒤덮인 시간 속에서 오래도록 너를 바라볼 거야.

봄빛이 내린 길
가시덤불로 가득한 길
아름다움은 한순간이라고들 말하지만
여름에 피어난 꽃처럼 찬란하지

나는 너를 1년 동안 바라보았다.
나는 너를 3개월 동안 바라보았다.
그리고 일주일.
하루,
한 시간.
그리고 1분.
마지막으로 1초.

이곳은 오래 머물 수 없는 세계지
오래 머물 수 없도록 정해져 있는 세계였다.

기차의 기적 소리가 멀리서 들려왔다. 너는 내 손을 잡고 일어났다.

"자, 어서 뛰어!"

내 얼굴을 흐르던 최후의 눈물 한 방울이 바닥에 떨어졌다.

너는 달렸다. 절벽에 내려치는 번개처럼, 들판을 불태우는 바람처럼. 나는 비틀거리며 네 뒤를 따라갔다. 겨울날 아침에 피어난 눈꽃처럼, 늦봄 거리 모퉁이에 흩날리는 벚꽃처럼. 기차가 굉음을 울리며 다가오자, 거대한 강철과 화염의 냄새가 주변으로 퍼져나갔다. 너는 가볍게 뛰어오르더니 마지막 계단 위로 오르며 내 손을 잡아끌었다.

"어서!"

나는 미소 지으며 네 손을 놓았다.

너는 경악한 표정으로 마치 한 폭의 그림처럼 그렇게 그 자리에 멈춰 있었다. 허공에 뻣뻣하게 굳어버린 손과 손에 들린 구겨진 비닐봉지까지도, 그렇게. 검은 객차는 마치 너라는 그림을 담은 액자처럼 보였고, 기차 위로 점차 하늘이 희뿌옇게 밝아오고 있었다.

나는 죽기 전에 분명히 이 장면을 꼭 다시 볼 것이다.

너는? 너는 어떨까. 너도 나를 기억할 수 있겠지. 너에게 이런 수수께끼를 주었으니까. 네가 이 수수께끼를 평생 풀 수 없기를 바라, 난.

기차는 너를 태운 채 먼 곳을 향해 달려갔다. 한 번 또 한 번 들려오는 기적 소리는 유달리 길게 들렸다.

나는 점차 발걸음을 멈추고 철로 중간에 서서 너를 향해 손을 흔들기 시작했다. 숨이 가빠왔지만, 나는 웃고 있었다. 너의 모습은 한참 동안 내 시야에 담겨 있다가, 마침내 사라져 보이지 않게 되었다.

안녕히, 안녕.

서로를 거품으로 적시느니 차라리 세상으로 나가 서로를 잊는 것이 낫겠지.*

너의 세계는, 내가 머무를 수 없도록 정해진 세계니까.

182

너를 그리도 오래 쫓았지. 이제야 나도 발걸음을 멈추고 쉴 수 있게 되었어.

그리고 이제 나도 나만의 세계로 돌아갈 거야.

네가 결코 도달할 수 없는 나의 시간으로.

★

나는 가방에서 묵직한 플란넬 주머니를 꺼내 마지막으로 다시 한번 살펴보았다. 그리고 몇 발자국 도움닫기로 달려간 다음, 손에 들고 있던 주머니를 강을 향해 던졌다. 아직 어두운 하늘 아래, '풍덩' 하는 소리가 들리더니 그 후로는 별다른 동정이 느껴지지 않았다.

나는 돌아서서 철로를 따라 다른 방향으로 천천히 걷기 시작했다.

---

* 《장자(莊子)》에 나오는 이야기로, 샘물이 말라 바닥이 드러난 곳에서 물고기 두 마리가 거품을 불어 서로를 적셔주었다고 한다. 장자는 힘든 상황에서 서로 미약한 도움을 주고받는 것보다는 차라리 강과 호수로 가서 서로를 잊는 것이 낫다고 덧붙였다.

주변은 너무나 고요했다. 나는 걸으며 잠긴 목소리로 노래를 부르기 시작했다. 아주 익숙하고 또 낯선 그 노래, 수년 전 끝까지 부르지 못했던 그 동요를.

문 앞에 포도나무 한 그루
파릇파릇 여릿여릿 싹이 트네
내 등에는 무거운 껍데기가 있지만
한 걸음 한 걸음 올라가야지

나무 위에 꾀꼬리 한 마리
까르르르 달팽이를 보고 웃네
포도가 익으려면 아직 멀었는데
지금 올라와서 무엇하려고

꾀꼬리야 꾀꼬리야 웃지 마라
내가 올라갔을 때는 포도도 익어 있을 거야

강 건너편에서 바람이 불어왔다. 이 바람은 나의 노랫소리를 감싼 채 어디로 가려는 것일까. 멀리서 희미하게 사이렌 소리가 들려왔지만 나는 돌아보지 않았다.

마침내 해가 떠오르기 시작했다.

〈끝〉

옮긴이 이소정

중국 책을 번역하고 중국에 대한 글을 쓰고 있다. 옮긴 책으로는 《후빙하시대 연대기》,《장상사》,《제왕연》,《증허락》,《특공황비 초교전》,《고양이 관장님의 옛날이야기》 등이 있고 지은 책으로는 《청두, 혼자에게 다정한 봄빛의 도시에서》가 있다.

당신이 도달할 수 없는 시간

초판 1쇄 발행 2023년 10월 20일

지은이   샤자
옮긴이   이소정
펴낸이   박은주
디자인   김선예, 이수정
마케팅   박동준
인쇄   탑프린팅

발행처   (주) 아작
등록   2015년 9월 9일 (제2023-000057호)
주소   07236 서울특별시 영등포구 의사당대로 38
            102동 1309호
전화   02.324.3945-6   **팩스** 02.324.3947
이메일   arzaklivres@gmail.com
홈페이시 www.arzak.co.kr

ISBN   979-11-6668-745-7 03820